Numero Ocho

Miranda Tavez

Copyright © 2022 by Miranda Tavez

All rights reserved.

No portion of this book may be reproduced in any form without written permission from the publisher or author, except as permitted by U.S. copyright law.

Contents

Introducción — 1

1. Capítulo 1 — 2
2. Capítulo 2 — 7
3. Capítulo 3 — 12
4. Capítulo 4 — 16
5. Capítulo 5 — 20
6. Capítulo 6 — 25
7. Capítulo 7 — 30
8. Capítulo 8 — 34
9. Capítulo 9 — 38
10. Capítulo 10 — 42
11. Capítulo 11 — 46
12. Capítulo 12 — 51

13. Capítulo 13 — 56
14. Capítulo 14 — 61
15. Capítulo 15 — 66
16. Capítulo 16 — 71
17. Capítulo 17 — 75
18. Capítulo 18 — 79
19. Capítulo 19 — 84
20. Capítulo 20 — 89
21. Capítulo 21 — 94
22. Capítulo 22 — 99
23. Capítulo Final — 104

Introducción

El Hogar, un sitio perfecto, en el se ayuda a chicas huérfanas y se les enseña a ganarse la vida.

O eso dicen.

Esas chicas se convierten en soldados, trabajan para Queal como guardaespaldas; para ello necesitan un entrenamiento duro y muchas veces imposible de superar.

Hasta que todo colapsa y el mundo que ellas conocen muere.

Capítulo 1

1-Tenía la mano sobre el gatillo, suspiró por última vez y disparó. Escuchó el chillido y el olor de la sangre le mareó un poco, aún le costaba hacerlo pero al menos esta noche cenarían algo caliente. Zia había disparado a una urraca no era mucho pero fue lo único que pudo encontrar, la vida en el campo de entrenamiento era dura y Alain su mejor amiga era una negada para la caza, Alain era el número 32, Zia tan sólo el 8. Eran guardaespaldas de la empresa Queal que se dedicaba a la protección de personas importantes y transporte de mercancías valiosas, ellos les habían encontrado en la calle, les habían ayudado cuando sólo eran niñas, debían su vida a esa gente y aunque nadie sabía que estaban allí ni como era su entrenamiento eran las más eficaces del mundo. Cuando había que trasladar las joyas de la reina de Inglaterra o acompañar a Johnny Deep a un viaje a la India ellas estaban allí y cuando terminaban desaparecían. Al principio todas creían que el entrenamiento era demasiado pero después de perderse dos semanas en el desierto del Sáhara para acompañar a casa al hijo de un importante jeque marroquí lo entendian y se esforzaban más.

- ¡Has traído comida! - exclamó Alain nada más verla al tiempo que saltaba sobre ella.

- Sí, pero es solo una urraca - Zia enseñó a Alain el pájaro ya a medio desplumar.

- Aún así es algo, ahora mismo hago el fuego.

Aunque Alain fuera una negada para cazar era un as con cualquier cosa que requería maña, encender fuego, cocinar, preparar un refugio hasta sabía interpretar donde había ido un animal y lo grande que era solo viendo sus huellas, hacían un gran equipo, Alain los encontraba y Zia disparaba.

- Wow Al ¿era una urraca asquerosa o pato a la naranja? - dijo Zia impresionada mientras se chupaba los dedos

- Ayer ayudé a Fox a encender un fuego y me dió dos manzanas y dos naranjas.

- Solo tres días - susurró Zia.

- ¿Decías algo? - Alain levantó la cabeza y le miró extrañada.

- Solo quedan tres dias para salir de aquí, pronto volveremos a El Hogar.

El Hogar era un rascacielos enorme en medio de la cuidad, parecía un simple edificio de oficinas pero era mucho más, decenas de chicas vivían y se entrenaban allí cada día sin que nadie lo supiera.

- Lo se, pero quedan tres días y un mes para la prueba del Ártico.

- Es la primera y última vez que iremos Al - le tranquilizó Zia.

- Tú bien sabes que dos de cada cinco personas no vuelven, acuérdate de Emer.

Zia apartó la mirada de su amiga, Emer había sido como su hermana mayor, cuando Zia llego a El Hogar desconfiaba de todo el mundo y Emer la cuidó hasta que pudo valerse por su misma, cuando Zia tenia 10 años y Emer 17 fue su prueba del Ártico y esa fue la última vez que la vió.

- Lo siento Zia...

- No es nada, ya han pasado siete años lo tengo casi superado.

- ¿Sabes lo que me ha contado Fox? - intentó cambiar de tema Alain.

- Sorprenderme.

- Dicen que a Musa le van a poner su primer trabajo de prueba.

- ¿Y que tiene que hacer? - preguntó Zia ya más interesada.

- Hay rumores de que tiene que acompañar al mago Dynamo a un viaje a África.

- Increíble, solo a las mejores les encargan el trabajo de cuidar de alguien - Zia soltó un silbido de admiración.

- Lo se, ¿te acuerdas lo enfadada que acabó Paty cuando descubrió que su trabajo iba a ser tan solo llevar una vaca sagrada a un monje indio?

Las dos empezaron a reírse descontroladamente, Alain había hecho olvidar a Zia lo de Emer una vez más, terminaron toda la noche hablando de trivialidades mientras el fuego se iba consumiendo poco a poco, al fin y al cabo la prueba del bosque era la más fácil, al final cuando Alain vió que su amiga no contestaba entendió que estaba dormida y ella intentó hacer lo mismo al tiempo que las primeras luces del alba teñían de dorado el horizonte.

Zia se despertó debido al calor, apartó la tela de su saco de dormir, una de las pocas cosas que les permitían llevar, y fue a una hondonada que hacia el riachuelo que habían encontrado a darse un baño, se desvistió poco a poco, primero las zapatillas de montaña y el abrigo, después el jersey azul noche y los pantalones y por último la camiseta de manga corta que llevaba con el proposito de que el jersey no picase tanto, se quedó en ropa interior y entró al agua que estaba helada, nadó un rato para desentumecer los músculos, después de un rato ya estaba cansada y se sentó en una roca.

- ¡Zia no te muevas! - escuchó de repente como gritaban detrás de ella.

Haciendo caso omiso de la orden que le habían dado, Zia se giró y vió como Musa señalaba a la roca donde se había sentado unos minutos antes, a menos de un metro de ella se encontraba una serpiente. Reconoció por la forma triangular de la cabeza que era una víbora, todos los músculos de su cuerpo se tensaron al mismo tiempo, miró a Musa que le hizo un gesto para que estuviera quieta.

Se acercó sigilosamente y de repente con un movimiento seco agarró a la serpiente de la cabeza, sacó un cuchillo del bolsillo de atrás de su pantalón y la decapitó, Zia la miró asombrada con una mezcla de alivio gratitud y miedo, Musa le había salvado de una mordedura probablemente mortal pero llevaba un cuchillo, no estaba permitido llevar cuchillos. Se suponía que todos sus útiles deberían ser fabricados por ellas, Musa había roto las reglas pero al mismo tiempo no podía denunciarla, estaba demasiado confusa y sin decir nada se vistió rápidamente y fue a buscar a Alain.

Cuando llegó al lugar donde tenían los sacos de dormir vió que su amiga hablaba alegremente con Fox, que llevaba el pelo recogido por lo que se veía su número que todas tenían en la nuca, el 55, decidió no contarle nada hasta que no estuvieran a solas, había algo que le atormentaba por dentro en todas las pruebas había una eliminada que era destinada a trabajar en El Hogar como cocinera limpiadora o niñera ¿debería denunciar a Musa por tener un cuchillo y hacer trampas?

Capítulo 2

2-—Estoy muy satisfecha de vuestro trabajo, ninguna tiene el menor signo de desfallecimiento, hoy es la eliminación, sabéis que una de vosotras se retirará finalmente del entrenamiento y pasará a formar parte del personal de El Hogar, si alguna tiene motivos para retirarse ella misma o acusar a otra persona de debilidad, dependencia o simplemente trampas que lo haga ahora.

- ¿Delante de todas? - preguntó Clinia, número 14.
- Sí - respondió secamente Ipso, la directora de El Hogar.
- Yo tengo que denunciar algo - Zia dió un paso alante mientras el resto de chicas la miraban asombradas - Musa hizo trampas.
- ¿Estás segura de lo que has dicho?
- Sí, tenía un cuchillo, pero me salvó, me salvó de la picadura de una víbora - todas las chicas empezaron a mirar a Musa asombradas y a cuchichear.
- ¡Silencio niñas! ¿Es eso cierto Musa?
- Sí - el sonido en la sala aumentó, se oyeron varios gritos ahogados y la palabra "tramposa" se escapaba de todas las conversaciones.

- En ese caso, habrá que deliberar pero dudo mucho que salgas de esto Musa, retiraos a vuestras habitaciones chicas.

- ¿Cómo has podido denunciar a Musa? ¿Y como has podido ocultarme que te salvó? - preguntó Alain a Zia mientras subían a su habitación.

- Dije lo que había hecho porque era o ella o tu.

- ¿A qué te refieres? - Zia cerró la puerta de la habitación que compartían con Clinia como si no estuviera escuchando lo que su amiga decía que miraba hacia ella completamente roja de ira- ¡Zia! ¡Contesta!

- ¡Asumelo Alain, de un momento a otro ibas a desaparecer, no sabes cazar, no sabes defenderte, te iban a elegir a ti!

Alain se quedó miradola con lágrimas en los ojos, se levantó de la cama y se fue dando un portazo, Zia se encogió de hombros y se tiró sobre un puff que había en una esquina, nunca le había costado decir a la gente lo que pensaba, era como si el filtro que los demás tenían y que no dejaba salir los pensamientos malos a ella le hubiese desaparecido desde que Emer desapareció, al día siguiente de enterarse de su muerte Zia cambió, ya no iba a la sala común con las demás, prefería quedarse en el campo de tiro practicando hasta que apagaban las luces y se volvía a dormir, hacia allí se dirigía en ese momento, tras subir a la planta 23 donde todas practicaban y recorrer una infinidad de pasillos abrió la puerta y en seguida notó que los sensores de luz no iban.

De repente sintió una presencia detrás suya, la puerta se había cerrado sola y estaba en plena oscuridad, escuchó un paso y un escalofrío recorrió todo su cuerpo, en ese mismo instante alguien le agarró de las muñecas y notó el frio acero en su nuca.

- ¿Quién eres?

- Cómo me eliminen lo vas a pagar, te mataré con el mismo cuchillo que maté a esa víbora.

- Musa... - Zia soltó un pequeño grito de dolor.

Notó como el cuchillo se clavaba en la parte izquierda de su cuello, la herida ardía tanto que no se dió cuenta de que Musa la había soltado y se encontraba arrodillada en el suelo, apretandose la herida con un tajo que hizo a su camiseta fue a su habitación donde Alain y Clinia escuchaban música, en cuanto la vieron entrar corrieron a ayudarla, la tela que había usado no servía ya para nada y un hilo de sangre empezaba a caer por su brazo, Alain paso el brazo contrario al lado donde tenía la herida por su propio hombro y acompañó a Zia a la enfermería.

- ¿Pero que te ha pasado? - exclamó Mera, la doctora.

- Me he cortado con un cristal, no es nada.

- Ven aquí, hay que coserte eso ahora mismo - Alain la ayudó a sentarse en la camilla donde vieron como Mera preparaba una aguja.

- ¿Va a doler mucho abuela Mer? - preguntó Alain totalmente blanca solo con ver la aguja resplandecer.

- No pequeña, tranquila, enseguida volverás a tener a tu amiga perfectamente.

La abuela Mer era la doctora jefe de El Hogar, no tenía familia pero allí todas la llamaban así, acababa de cumplir 93 años y seguía tan activa como siempre, era increíble, una de esas personas que quedan en tu corazón para toda la vida, un grito desgarrador proveniente de la camilla arrancó a Alain de sus pensamientos, Zia agarraba el borde de su camiseta rasgada como si eso le fuera a salvar del dolor, pero su cara lo decía todo, una mezcla de ira, dolor y lágrimas se veía en su rostro.

- ¡No me gustan las agujas! - sollozaba Zia.

- Tranquila, tendrías que haberte visto, tenías un trozo de piel del tamaño y el grosor de una tortita completamente colgando.

- Yo... creo que me voy a ir, no me encuentro bien... ¿nos vemos luego en la habitación? - preguntó Alain.

- Sí consigo salir de esta sí.

- Venga Zia no seas dramática, y tu Al vete antes de que te caigas y tenga dos pacientes en vez de una - Mera hizo un gesto con la cabeza a Alain indicándole que se fuera pero ella la miró asustada - Vete pequeña, he amputado pies y brazos, creo que puedo con esto.

- Vale, adiós abuela Mer, adiós Zia.

Cuando Mera terminó de coser toda la herida parecía que un oso había intentado morder su cuello, al hablar le molestaba y girar la cabeza era completamente imposible, eran las nueve de la noche así que se encaminó a su habitación, y se puso su camiseta en la que ponía "Scribble outside the line" y decidió que la mejor manera de pasar el dolor era durmiendo, pero no lo consiguió, escuchó a Alain y a Clinia entrar y reírse, hasta que se dieron cuenta de que estaba allí, y en silencio se cambiaron y se fueron a dormir.

El sonido del despertador sacó a Zia de sus pensamientos, no había conseguido dormir en toda la noche pensando en qué iba a pasar hoy, no podían echar a Musa y menos a Alain, vió a sus amigas dormir y sigilosamente se vistió y bajó a desayunar. Después de una tostada con mantequilla y mermelada de frambuesa vió todo mejor, eran muchas chicas y no podía ser que justo eligieran a una de ellas, se encaminó a la sala de reuniones donde la mayor parte de las chicas aguardaban sentadas a que Ipso entrara, cuando notaron la presencia de Zia todas enmudecieron pero los murmullos volvieron a aparecer al darse cuenta una de ellas de la herida que tenia en el cuello. Zia hizo caso omiso de sus comentarios y se sentó en una de las sillas, la más apartada, a esperar.

Capítulo 3

3-En la sala de reuniones se palpaba una tensión que se podía cortar con un cuchillo, el silencio era sepulcral y todas las miradas estaban fijas en una misma persona, en un abrir y cerrar de ojos el mundo de Alain había dado un giro de ciento ochenta grados, finalmente la elegida era ella, nadie lo podía creer, las tornas estaban a su favor, Musa había usado un cuchillo y eso iba contra las normas, pero finalmente había ganado, cuando abrió los ojos vió que estaba en el suelo de rodillas, ¿se había caído sin darse cuenta? observó como Zia iba corriendo a ella, la levantaba y la abrazaba, parecía que al final su mejor amiga tuvo razón.

- Alain... ¿estás bien? - Sí, he estado hablando con Ipso y me ha dicho que puedo ser instructora de las pequeñas, estoy muy contenta - Alain evitaba con la mirada a Zia pero ella vislumbró que aún tenía los ojos llorosos. - Yo... siento todo lo que dije. - No te preocupes, tenías razón, prefiero estar viva y fuera del programa que morir a los dos días en cualquier prueba. - Pero no quiero que te vayas... - Zia vió como su amiga recogía todas sus cosas, normas de El Hogar, las eliminadas

vivían en las plantas inferiores, las que aún estaban en el programa en las tres últimas plantas y las del medio eran tiendas, clases, campos de entrenamiento, un cine, tenian una pequeña cuidad allí dentro.
- Vendré a verte todos los días, ayudame a meter todo en cajas o no terminaré nunca.

Zia acompañó a Alain hasta el ascensor de servicio, donde se encontraban Ipso y Mera para ayudarla a instalarse, se suponía que las chicas no podían bajar a no ser que fueran eliminadas y era una regla que siempre se había respetado.

- Alain llevamos esperando casi tres cuartos de hora - la reprendió Ipso. -Lo sentimos, había mucho que recoger y...- Nada de excusas, bajemos inmediatamente, tengo que hacerte la prueba médica - cortó tajantemente Mera - y Zia, recuerda que mañana tienes que venir para revisarte ese corte. - Lo se. - ¿Puedo despedirme al menos de mi amiga? - preguntó Alain con lágrimas en los ojos. - Pero rápido - Ipso puso los ojos en blanco mientras veía como las dos chicas se abrazaban llorando.

Mera carraspeó ligeramente para que se separasen antes de que Ipso terminara de perder la paciencia y entró con Alain al ascensor de servicio, cuando las puertas se cerraron y sus miradas se cruzaron por última vez Zia tuvo un mal presentimiento, confiaba en su amiga y en la promesa de que iría a verla, pero notaba que una nube negra acababa de posarse en su cabeza.

Mientras volvía a su habitación para enfrentarse con la ausencia de Alain vió a Clinia ir con toalla y bikini hacia la piscina de la planta 7 así que supo que iba a tener un rato para ella, se tiró en la cama y puso

Hung Up de Hot Chelle Rae al máximo de volumen para intentar no pensar en nada pero no conseguía quitarse ese mal presentimiento de la cabeza, empezó a tirar de los puntos que Mera le había dado tan sólo el día anterior y esas pequeñas punzadas de dolor hicieron que se olvidase del mundo por un momento.

- Parece que todo salió bien al final. - ¿Qué? ¿Quién? - Zia miró a hacia la puerta de su habitación para averiguar quien le había sacado de sus pensamientos. - ¿No te acordabas de nuestro "trato"? Porque viendo lo que hacías parece que si - dijo Musa mientras veía como Zia se quitaba la mano del cuello rápidamente. - Perdió Alain, lo se, ahora pierdete tu. - Me vas a ayudar a ganar esto Número 8 - antes de poder obtener una respuesta Musa se había ido dejando a Zia aun más asustada que antes.

El sonido de la puerta volvió a sobresaltarla pero esta vez no reconoció a quien la abría, era una chica rubia con los ojos más negros que había visto en su vida, parecía de primer año aunque no la había visto nunca.

- ¿Quien eres? - preguntó Zia alzando las cejas. - Soy Arwum, número 48, tengo 15 años asi que estoy en primer año Ipso me ha asignado esta habitación. - Debes de ser la sustituta de Alain, esa es tu cama - señaló a la antigua cama de Alain sin levantar la vista. - Gracias, tu debes de ser Zia, me han hablado mucho de ti fuiste muy valiente al delatar a otra para salvar a tu amiga. - Ya, gracias - Zia estaba cansada y se dió la vuelta en su cama y se hizo la dormida para terminar esa conversación.

- Oh tu debes de ser la nueva, yo soy Clinia encantada - exclamó Clinia nada más entrar con una sonrisa enorme en el rostro. - Hola, yo soy Arwum, soy de primer año. - Oh entonces no coincides ni con Zia ni conmigo, yo soy de segundo y ella de tercero - Clinia hizo una mueca de disgusto - ¿hiciste ya la prueba del paintball?- No, creo que me toca la semana que viene. - Vaya, mucha suerte.

Arwum estaba en la pista, como todas las veces había abatido a la mayoría de sus contrincantes sin recibir un solo disparo, pero la campana no había soñado, aun quedaba uno, escuchó una risa a su espalda y lo único que vio fueron unos ojos verdes y un flequillo desgreñado debajo del casco, ah y que esa persona le estaba apuntando con un rifle "fin de la partida" escuchó, ¿un chico? en El Hogar no había chicos, ¿que hacía aquel en esa prueba?

Ella sabía que no tenía tiempo para dispararle antes que el lo hiciera así que se resignó a su destino y bajó la cabeza tristemente, en cambio el sonrió, o al menos eso le pareció a Arwum por el brillo de sus ojos, tiró el rifle y ella disparó rápidamente y ganó, al terminar la prueba ella se acercó al misterioso chico, parecía la única capaz de verle, y le felicitó con un simple "buen juego" él hizo una mueca irónica y apuntó contra ella, pero esta vez no con un rifle de paintball sino con un pequeño revolver, ella apoyó la frente en gesto desafiante y el disparó.

Ahí fue cuando despertó.

Capítulo 4

4-"Número 32 ha sido reseteado, será enviado de vuelta a El Hogar en 48 horas" Ipso escuchó cómo llamaban a la puerta y apagó rápidamente su portátil.

- ¿Quién es? Pase por favor. - Hola Ipso, venía para preguntarte una cosa - dijo Zia mientras entraba. - Pregunta pues. - ¿Crees que podré volver a ver a Alain? Ya hace una semana que se fue y no sé nada de ella...- No se - Ipso evitaba mirar a Zia a los ojos - ahora está trabajando muy duro y quizás no tenga tiempo libre. - Oh… entonces ya vendré, gracias.

Cuando la chica se fue Ipso volvió a encender el portátil, no pensaba que Zia fuese a ir a preguntar por su amiga, a esas alturas ya se habían olvidado, de todos modos cuando el numero 32 volviera no iba a parecer la misma.

Zia volvió desanimada a su habitación donde vió a Arwum llorando, no pudo evitar ir corriendo hacia ella, su compañera no era muy popular entre las chicas de El Hogar y Alain había sido casi su única amiga durante estos últimos años, sabía que las dos chicas se hubieran hecho amigas enseguida, algún día tenía que presentarlas.

- ¿Arwum? ¿Qué te pasa?- Nada, tranquila - dijo mientras se daba la vuelta sobresaltada.- Somos amigas, puedo ayudarte. - ¿De verdad?- Sí - Zia intentó sonreír, aunque no era algo que se le diera muy bien.

Entonces Arwum, secándose las lagrimas le contó que tres días después tenía la prueba de disparo, y de momento su promedio de acierto era del 16%, sabía que así iban a echarla del programa y era tan sólo su primera prueba. Zia recordó el miedo que tenía ella a las armas cuando era más pequeña estuvo a punto de ser eliminada en esa prueba no porque fallara sino porque le aterrorizaba coger la pistola, pero tuvo suerte y Emer la ayudó, así que supo que tenia que hacer lo mismo con Arwum.

Esa misma noche justo después de cenar un sándwich de jamón y queso fueron al campo de tiro, al entrar sintió un escalofrío en la nuca que hizo que todo su pelo se erizase y se llevó instintivamente la mano al cuello hasta notar la herida, ya estaba casi curada pero quedaba la peor parte, el recuerdo. Con mucha paciencia estuvo enseñando a Arwum a disparar y parecía que las únicas que acertaba eran por pura coincidencia.

- No Arwum, tienes que concentrarte más, primero apunta. - Sí es lo que hago… - murmuraba la pequeña. - No, ¿porque cierras un ojo?- Para apuntar mejor ¿no?- ¡No - Zia estaba empezando a estresarse - abre los dos!- Vale…

Siguieron intentándolo durante más de una hora hasta que pareció que Arwum empezaba a mejorar, al menos ahora su promedio de acierto era del 50%, no sería fácil quedar entre las mejores pero definitivamente pasaría la prueba, las dos estaban agotadas y en seguida se fueron a dormir, les extrañó que Clinia no estuviera en la cama ella siempre era la primera, pero antes de que volviera y tuvieran la oportunidad de preguntar dónde estaba ambas se durmieron profundamente.

A la mañana siguiente, si a eso se le podía llamar mañana, Zia tenía otra de esas aburridas clases de técnicas de supervivencia y la graciosa de su profesora la había puesto a las 4 de la madrugada, mientras desayunaba la chica escuchó una conversación detrás suya.

- Dicen que número 8 pasó ayer toda la tarde con la nueva.- Sí, espero que no la vuelva tan rara como ella - dijo una de las chicas mientras se reía. - ¿Crees que ha vuelto a preocuparse por Alain? Seguro que no. - Siempre hace lo mismo, ¿te acuerdas de Emer? cuando murió 8 se olvidó de ella, incluso evita pasar delante de la placa a nuestras compañeras caídas.- Es verdad, pobre Arwum, deberíamos avisarla - Zia se volvió y vió como las dos chicas asentían. - ¡¿De verdad creéis que no me preocupo por Alain ni por Emer?! ¡Cómo volváis a decir algo así aparecerán vuestros nombres en la placa! - Zia se fue corriendo y las otras dos chicas hicieron lo mismo completamente impresionadas.

Llegó a su habitación y sacó de entre las páginas de uno de sus libros una foto de Emer y ella cuando tan sólo tenía 12 años, su primer curso en El Hogar, Emer tenía 16 y se acababan de conocer ella no pudo más y rompió a llorar, decidió que le daban igual las consecuencias, que no iba a ir a clase, muchas chicas pensaban que era una persona solitaria, cínica e incluso un poco egoísta pero cuando estaba sola cambiaba completamente, no podía dejar que la gente supiera lo débil que era por dentro.

- ¡Zia, Zia! ¡¿A que no sabes que?! ¡He pasado! ¡Y la semana que viene tengo la prueba del paintball! Pero tuve un sueño muy raro y... - Arwum se calmó al ver a Zia llorar - ¿que te pasa?- Nada...- ¿Es esa Emer? - dijo señalando la foto que tenia entre las manos. - ¿Cómo sabes lo de Emer?- Me lo contaron otras chicas, dijeron que erais muy amigas hasta que...- Sí, Emer era mi hermana. - También me dijeron que no debía fiarme de ti, pero no las hice caso, tu eres mi amiga, me caes bien. - Arwum... - dejó la foto sobre su escritorio y le abrazó sonriendo.

Las dos chicas, ya sintiéndose mucho mejor, empezaron a hablar de cotilleos y trivialidades, una chica nueva estaba a punto de llegar, decían que se llamaba Rogias y era el nuevo número 12, todas sabían que cada vez que una de ellas era eliminada en cualquier prueba más o menos una semana más tarde llegaba otra y se le asignaba su número, excepto las que morían, esas pasaban a la placa y su número nunca volvía a ser utilizado.

- Por cierto, ¿que me dijiste de un sueño? - preguntó Zia. - Nada... el otro día soñé que en la prueba del paintball había un chico y... me disparaba con un rifle de verdad. - Wumi... - dijo Zia riendo - sabes que aquí no hay chicos. - Ya pero... - replicó Arwum. - Pero nada, vas a bordar la prueba y la semana que viene vamos a practicar tu y yo todos los días. - ¡¿Todos?! Creo que voy a ir empezando a descansar...

Capítulo 5

5-Cuando Zia volvió de ver a Rogias sintió como si tuviera el estomago revuelto, no se parecía en nada a Alain pero al mismo tiempo había algo muy extraño en ella como si por tener el mismo número... Pero eran tonterías algún día conseguiría que Ipso la dejase verla y esa angustia terminaría, "Al menos no es ella sino Arwum la que está en mi habitación" pensó Zia, hubiera sido horrible tener a Rogias como compañera.

- Chicas, esta es vuestra prueba más importante, saldréis afuera pero solo como trabajo de investigación aquí tenéis un papel con las normas.

Ipso fue repartiendo un folio entre las chicas, estaban todas emocionadas, después de tantos años en El Hogar iban a salir aunque las normas eran muy estrictas:*No habléis con nadie**No cojais nada, cualquier cosa que necesites se os proporcionará en El Hogar**Seguid los consejos que habéis aprendido en vuestra clase de Ética y Comportamiento**No os expongais a ningún peligro**Ningún contacto con las personas del exterior**Sí alguien os habla no es a vosotras, no contesteis y salid corriendo de ahí*La lista era enorme y parecía que iban a estar metidas en una burbuja en su primera excursión fuera.

- Está bien, todas a vuestras clases - Ipso dio por finalizada esa pequeña reunión y todas salieron hacia sus respectivas aulas.

Por fin fuera, Ipso les dijo que no se alejaran mucho y que tenían que estar en la puerta en exactamente 50 minutos, tiempo suficiente para dar una vuelta y explorar el mundo de fuera, Zia fue corriendo hacia el parque, era enorme y lleno de árboles y Zia siempre había soñado con ir allí, lo veía desde la azotea de El Hogar y desde su ventana y le parecía tan perfecto... Era una delicia correr entre los árboles tan acostumbrada como estaba a hacerlo en una cinta estática, se tiró al césped respirando ese dulce olor. Esa debía de ser la vida plena.

Se despertó con una corriente de aire helado que le recorría toda la espalda, ¿se había dormido en el parque? ¿como podía ser tan torpe? En seguida se levantó asustada y nerviosa pero vió que nadie había reparado en ella miró el reloj aun le quedaban quince minutos y solo tardaría tres en llegar a El Hogar. De repente vió un San Bernardo enorme que corría hacia ella, sin dejarse paralizar por el miedo se subió a un árbol pero al hacerlo se dió cuenta de que ese perro no iba tras ella sino a por una ardilla que intentaba incapaz de mover una de sus patas subir al árbol, Zia se la guardó dentro de la camiseta y subió ayudándose con la mano que le sobraba se apoyó en una mano y cogió al animalito que pataleaba histérico así que con cierta ternura lo dejó en una rama superior, ahora el problema seria bajar ya que ese dichoso perro seguía ladrando y arañando el tronco.

Zia iba moviéndose hasta lado contrario del árbol y sin pensárselo dos veces saltó y echó a correr, cuando ya sintió que los pulmones le ardían se paró por suerte el perro no la había seguido, no debió de verla tan ocupado como estaba con la ardilla, mientras volvía hacia El Hogar vió un tumulto de gente eran simplemente transeúntes escuchando el discurso de un loco que decía que el mundo iba a acabar y tuvo que abrirse paso entre toda la gente, pidiendo disculpas y olvidando la norma de no hablar con nadie pero nadie dijo nada, "espero que no todas las personas de fuera sean así de bordes" pensó Zia indignada, al fin llegó a El Hogar, en la puerta aguardaban la mayoría de sus compañeras, solo hubo que esperar a una que llegó diez minutos después porque según dijo se había perdido.

Cuando subieron Arwum fue corriendo hacia Zia para contarle que la semana siguiente iba una de sus primeras pruebas pero no sabia que escoger como ayuda, las "ayudas" eran objetos que les dejaban llevarse a cada prueba cada chica escogía uno según su debilidad Zia siempre había escogido una pistola, no por debilidad sino porque era la mejor forma de cazar, Alain antes siempre elegía un saco de dormir, en el cabían las dos un poco apretadas y con eso habían conseguido pasar todas las pruebas hasta... Zia intentó no recordar ese momento, Musa había usado la excusa de que ese cuchillo era su ayuda pese a que todas las chicas, incluso Ipso, sabían que ella siempre cogia un encendedor ya que era incapaz de encender un fuego con palos, y a Alain se le daba tan bien... Zia tendría que aprender todas esas cosas si no quería ser eliminada ella también ahora el equipo Zalain como las llamaban sus compañeras se había acabado. Zia y

Arwum estuvieron mucho tiempo valorando las habilidades de la pequeña y coincidieron en que lo mejor seria un arma como con las que entrenaban Arwum había mejorado mucho, lo del fuego lo tenia controlado y en las primeras pruebas no era difícil encontrar una cueva o algún refugio.

Estaban en su habitación escuchando una de sus canciones favoritas cuando entró Clinia corriendo y gritó "La abuela Mera se va" Zia y Arwum bajaron corriendo las escaleras hasta la zona de enfermería donde vieron a un montón de chicas y a Mera intentando calmarlas.

- Chicas, entendedlo, he intentado posponer mi jubilación todo lo que te podido pero tengo 93 años y ya es hora de descansar - dijo mientras se le escapaba alguna lágrima. - Pero no puedes irte... - una de las mayores, de las que ya había tenido varias misiones importantes la abrazaba llorando. - Vendré a veros todas las veces que pueda, ahora dejadme que termine de ordenar las cosas o no me iré nunca - la mayor parte de las chicas se fueron, cada cual más apenada ninguna sabía que la abuela Mera fuese tan mayor y esque era una de esas personas que destila energía por todos sus poros.

A la mañana siguiente cuando Zia bajó a desayunar sus cereales de siempre se cruzó con un chico que llevaba unas cajas.

- Perdona, ¿me podrías decir donde esta la sala de enfermería? - preguntó con una gran sonrisa. - Bajando esas escaleras, al fondo del pasillo a mano derecha, ¿quien eres? - Zia le miraba extrañada y esque en El Hogar no había ningún chico, esto era demasiado extraño. - Soy el nuevo doctor. - ¿Has hablado con Ipso? ¿Cómo has conseguido el puesto? - A Zia no le proporcionaba mucha confianza, sentía que había algo extraño en él. - Digamos que tengo un don especial, además Ipso debía un favor a mi padre.

Capítulo 6

6-

- ¡¡Cae, cae, cae, cae!!

Arwum ya sentía como las manos le temblaban, estaba a cuatro metros del suelo y aun le quedaban seis hasta llegar arriba, odiaba subir por la cuerda, lo odiaba mucho.

- ¡¡Rápido número 23, ve a llamar al nuevo enfermero!!

La red de seguridad se había roto y Arwum estaba en el suelo sin poder moverse

- ¿Qué ha pasado? - Bret, aquel chico de la sonrisa extraña se acercó corriendo a Arwum mientras el resto de chicas susurraban impresionadas.- Se soltó la red, nunca antes había pasado.

Cuando intentaron levantar a Arwum ella murmuró "¿Zia...?" pero en seguida volvió a caersele la cabeza hacia un lado.

- ¿Donde está? - Zia entró corriendo en la sala de enfermería mirando a todos lados.- Anda, tu debes de ser Zia, encantado de volver a verte - Bret sonrió pero en seguida se puso pálido.- ¿Don-de es-tá? No me hagas volver a repetirlo.- La habitación del medio, puedes pasar.

Las chicas de El Hogar no solían visitar la enfermería así que sólo tenía tres habitaciones por si alguna tenia un virus que pudiera contagiar a las demas o necesitaba reposo absoluto. Zia entró como una bala sin dar siquiera las gracias.

- ¿Wumi? - sacudió ligeramente los hombros de su amiga.- ¿Zia? - Arwum se incorporó de la cama ligeramente aturdida.- ¿Estás bien? Me dijeron que te habias caído subiendo por la soga.- Sí, necesito un poco de agua y enseguida estaré bien - Bret le acercó un vaso mientras ambas chicas le miraban - yo... creo que te conozco...- No digas tonterías, llegó anteayer y tu nunca has salido - dijo Zia mientras la ayudaba a levantarse.- Estoy bien, puedo solaaAayy - Arwum estuvo a punto de caer si no fuera por Bert que la agarró de la cintura - es mi tobillo, no lo había notado hasta ahora, no lo puedo apoyar.

Se fijaron en que tenia el tobillo ligeramente hinchado y se le estaba empezando a poner morado.

- Esto tiene pinta de ser un esguince. - Oh, ¿no me digas? - Zia miraba a Bret sarcásticamente.- Debería hacer algo...- ¿Te has dado cuenta tu también no?- ¡Fuera! -Bret ya se había cansado de sus bromas y observaba a Zia con furia - ¡fuera! Y da gracias a que no doy parte de esto a Ipso.

Zia se fue refunfuñando por lo bajo mientras Bret volvía a tender a Arwum en la cama, le envolvió el tobillo con delicadeza y lo puso encima de un cojin.

- Ahora vuelvo, voy a por un poco de hielo, descansa y esta noche dormirás en tu habitación - Arwum asintió pero cuando estaba a punto de dormirse notó el frio del hielo en su tobillo dolorido - lo siento ¿te he despertado?- Sí... pero no pasa nada, Bret, ¿es la primera vez que vienes a El Hogar?- Te contaré un secreto, pero me tienes que prometer que quedará entre nosotros.- Por supuesto, prometido.- Viví aquí hasta que tuve 5 años y luego me fui con mi padre.- ¿Y cuantos tienes ahora? ¿No has vuelto desde que tenias 5?- Tengo 26, y no, es la primera vez que vuelvo a pisar este edificio desde el día que mi padre vino a por mi.

El tiempo había volado y solo quedaban dos días para la prueba del Ártico, Zia odiaba esa prueba le parecía algo absurdo ¿porque los famosos querrían siempre ir a este tipo de sitios?

Es verdad que en toda la historia de Queal solo cinco personas habían elegido el Ártico como lugar de vacaciones pero desde que en el cuarto viaje casi mueren debido a una tormenta de nieve y el desprendimiento de un glaciar que sepultó su campamento, por suerte ese día no estaban ahí pero dos personas que se quedaron vigilando murieron, las chicas tenían que pasar por la prueba del Ártico.

- ¿Se puede? - dijo Bret entrando en el despacho de Ipso.- Veo que ya has podido, ¿algún problema?- No, bueno si, no se, es el número 48, dice que me recuerda.- Bret no seas estúpido - Ipso le lanzó una mirada de insuficiencia - sabes que cuando reseteamos la tarjeta base se borran todos los recuerdos, te estará confundiendo con alguien que ha visto en una película.- Será eso, adiós, siento haber molestado.

Mientras tanto Zia y Arwum discutían sobre la mejor manera de sobrevivir a la prueba del Ártico, Zia creía que la mejor idea era algo para construir un refugio, en cambio Arwum pensaba que un recambio de ropa era la mejor opción, así si se mojaba tendría algo seco que ponerse para combatir la hipotermia.

- Bueno Wumi, ya lo pensaré, ahora descansa.- Vale... Zia, ¿tu recuerdas haber visto a Bret antes que hoy?- Le vi el otro día cuando entraba, ¿porque? - preguntó Zia extrañada. - Yo le he visto, soñé con el una vez - Arwum suspiró al poder contar a alguien esto tan confuso que sentía.- ¿Qué soñaste?- Estábamos en la prueba del paintball y me disparaba.- Pero tu prueba fue la semana pasada.- Este sueño fue hace más, de mis primeros días aquí, pero no le dí importancia hasta hoy.- No se que ha podido pasar, anda Arwum duermete creo que la medicación te está haciendo delirar.

Arwum no podía dormir y pese a la orden expresa de que no se moviese cogió las muletas que amablemente le había dejado Bret y fue, eso sí en ascensor, a la azotea.

Hacia mucho frio, y ella iba tan sólo con una camiseta morada de manga corta, se sentó en una de las hamacas que amontonadas esperaban al verano cuando las chicas con el buen tiempo se tumbaban a tomar el sol, mientras pensaba en Bret y en lo asustada que estaba por la prueba de Zia escuchó un ruido a su espalda lentamente se acercó con el corazón en un puño pero lo que vió la sorprendió más que cualquier cosa, era una cría de gato, gris y con los ojos amarillos increíblemente brillantes.

- ¿Cómo has llegado hasta aquí? ¿estás perdido? - preguntó Arwum más para quitarse los nervios que encima que cualquier otra cosa - vamos a buscar a tu madre anda - empezó a mirar por todos lados, buscó hasta en el último rincón pero no había ni rastro de la madre de aquel pequeño - bueno… supongo que puedes quedarte conmigo por unos días… mientras no hagas ruido… te llamaré Zero.

Capítulo 7

7-

Zia y Arwum se abrazaban por décima vez bajo la mirada desaprobadora de Ipso, el helicoptero que iba a llevar a las 7 chicas a la base de Queal en el polo estaba esperando y tras un último abrazo las dos chicas se separaron, Zia echó a andar hacia la rampa que permitía el acceso al interior mientras intentaba no mirar hacia atrás, al igual que Arwum que se dirigía hacia las escaleras. Justo antes de que se cerrara la puerta Zia miró hacia fuera por una de las ventanas pero ya no estaba. ¿Sería capaz de superar esta prueba?

Miraba por la ventana y con sus suspiros el cristal se empañaba cada vez más, agotada por el esfuerzo mental que suponía hacerse tantas preguntas terminó por dormirse al igual que el resto de sus compañeras, excepto Musa que la observaba fríamente desde el lado contrario del helicóptero y Tais, la profesora que las acompañaría durante el vuelo Zia siempre la había admirado mucho porque era tremendamente sabia y a pesar de su edad seguía siendo hermosa, entre estos pensamientos y el vaivén del aparato Zia acabó por dormirse.

- Despertaros todas, ya hemos llegado. - ¿Ya? - Zia se restregaba los ojos somnolienta.- Rápido, cuanto más cansadas esteis más os costará moveros y entrar en calor. - Dadme mi mochila, yo me voy de aquí - exclamó Musa a la vez que arrancaba la mochila de los brazos de Tais.- Bueno, yo tengo que irme, volveré en cinco días, seguid con vida - con ese último consejo las chicas empezaron a caminar sin rumbo todas juntas, les esperaban unos días muy duros.

Mientras tanto, en El Hogar, Bret e Ipso conversaban un poco acaloradamente sobre la prueba del Ártico, lo que Ipso no sabía es que Bret se había pasado los últimos días consolando a Arwum y prometiendole que Zia seguiría con vida, aunque sabiendo las condiciones tan precarias a las que se obligaba a las chicas a someterse no estaba seguro del todo.

- ¿No crees que es demasiado? - Bret estaba al borde de un ataque de nervios - dejarlas morir así.-Tranquilo Bret, ellas creen que sienten dolor pero en realidad no lo hacen.- ¿¡Y si si lo hacen?! ¿¡No se te ha ocurrido pensar eso?!-Bret, tu sabes como funciona esto, ahora vete - dijo señalando la puerta al tiempo que él salía cabizbajo y murmurando.

- Oh Bret estás aquí - exclamó Arwum con signos de alivio - llevo buscándote una hora.- ¿Qué pasa? ¿Te encuentras mal?- ¿Qué? No, tienes que venir. - Arwum ya sabes que mi trabajo se limita a la enfermería - dijo Bret mientras miraba hacia la puerta por la que acababa de salir. - Oh, vale, lo entiendo - musitó Arwum un poco decepcionada.

Se dió la vuelta haciéndose a la idea de que Bret no era el amigo que había pensado pero antes de dar tres pasos siquiera notó como susurraba en su oído "Sígueme", empezaron a recorrer pasillos y montaron en dos ascensores diferentes, más pasillos Arwum estaba ya completamente desorientada y por fin Bret se paró ante una puerta.

- Pasa, aquí podemos hablar. - ¿Qué es esta habitación? - preguntó Arwum al tiempo que miraba por todos lados - Nunca había estado aquí. - Este es mi cuarto, no es gran cosa pero podremos hablar tranquilamente, ahora dime, ¿que es lo que te ocurre?- Bueno, es algo muy raro, llevo desde las últimas semanas teniendo sueños, pero no son sueños normales, sueño que estaba aquí en El Hogar, pero no era yo, es como si fuera otra persona, últimamente se están repitiendo tanto… - Bret la miraba ojiplático - ¿Que ocurre? ¿Sabes que me pasa? Necesito saber si eso afectará a mi entrenamiento pero tengo miedo de contárselo a Ipso…- No, no, tranquila - dijo Bret atropelladamente - los sueños sueños son, no te preocupes - intentó tranquilizarla cambiando de tema pero su mente estaba maquinando. ¿Serian recuerdos de otra persona?

Zia escuchó unos graznidos encima suya e inconscientemente miró arriba, cuando vió lo que había provocado ese ruido casi salta de alegría, eran un grupo de escúas árticas, un pájaro carroñero que abandona sus huevos, perfectos para recobrar unas pocas calorías, empezó a seguirlos hasta una planicie llena de vegetación, en ese momento Zia se alegraba mucho de haber estudiado un poco ya que el resto de sus compañeras se pensaban que el Ártico era un cubito de hielo gigante.

Cuando llegó a donde las aves habían bajado vió varios nidos con huevos y aunque la mitad de ellos estaban podridos debido a que las escúas no se preocupan por sus huevos había algunos que si pudo comerse, mientras seguía partiendo huevos empezó a pensar que no sería mala estrategia, quedarse ahí y alimentarse de esos pajarracos, lo peor era el refugio, pero en la nieve tampoco tenía y allí al menos no se mojaba, gracias a esa subida de autoestima construyó incluso un par de trampas bastante rudimentarias pero con suerte eficaces.

Se despertó en medio de la noche, y notó como una extraña fuerza le obligaba a abandonar ese lugar, como si supiera que algo malo iba a pasar, empezó a andar hacia el este y cuanto más andaba más sentía esa fuerza, notaba una presión en el pecho, en el cerebro, empezó a correr hasta que ya no pudo más y con todas sus fuerzas al mínimo cayó al suelo, había corrido tanto bordeando la costa que ya estaba otra vez en el hielo pero sabía que tenía que ir más allá.

- ¡Zia! ¡Ayuda! - Zia empezó a mirar a todos lados asustada por los gritos - ¡Aquí! ¡Joder Zia aquí!- ¡Musa!- ¡Ayúdame! - el hielo se había resquebrajado debajo suya y Musa luchaba por escapar - ¡Zia por favor!- ¡Ahora voy! - Zia bajó corriendo por el glaciar hacia donde estaba su compañera pero cuando estaba a tan sólo unos metros paró en seco. - ¡¿Qué haces?! ¡Ven! - Zia la miraba pensando en todo lo que le había hecho, por su culpa Alain estaba fuera, por su culpa había perdido dos días de entrenamiento, por su culpa nadie recordaba a Al, ¿tendría que ayudarla?

Capítulo 8

8-Zia se aproximó al borde del lago, un paso en falso y el suelo helado se abriría debajo de ella, vió como a Musa se le agotaban cada vez más sus energías, tenia que hacer algo y rápido cogió los pantalones de repuesto que llevaba y agarrando de una punta se estiró todo lo que pudo pero no era suficiente, prácticamente reptando se acercó lentamente al agua, a cada movimiento oía el hielo crujir y sabia que si caía las dos estarían perdidas, hacía mucho frio pero Zia notaba perfectamente un sudor frio recorriendo su espalda, con un último gran esfuerzo Musa se lanzó y agarró la otra punta del pantalón, lo más difícil ya estaba hecho.

Lentamente empezó a retroceder, Musa intentaba salir del agua ya con sus fuerzas minadas, pero el hielo se rompía, Zia paró cuando al fin sintió tierra firme suspiró al saber que todo había acabado, aunque más bien nieve firme debajo de ella y supo que se podía poner de pie, gracias a eso consiguió arrastrar a Musa fuera del agua, se miraron sin decirse nada, Zia lanzó su ropa seca de repuesto al suelo y se fue.

- Las chicas han formado un campamento, Fox tiene comida, han hecho fuego - dijo Musa débilmente. - Gracias pero estoy bien así. - Ve al menos a tomar algo caliente. - Iré, si te callas - Zia miró a Musa por primera vez desde que la sacó del agua - ¿alguna baja?- De momento no, sobrevivimos juntas. - ¿Cuantos días...? - de repente Zia se dió cuenta de que mientras estaba en el páramo había perdido la noción del tiempo. - Cuatro - respondió Musa - solo quedan tres días para salir de este infierno.

Cuando llegaron al campamento las demás chicas se acercaron a ellas impresionadas, la verdad esque era algo digno de ver Zia y Musa juntas y esta última chorreando agua por los cuatro costados, encendieron un fuego con unos plásticos desechados y ambas chicas se acercaron, Zia no sabía si lo que había hecho estaba bien, Musa había sacado la máxima nota en las pruebas de aptitud y si superaba esta prueba saldría a su primera misión y si la lograba completar con éxito ascendería y su número le pertenecería ya para siempre.

- ¡Zia! Pensábamos que habías... ¿que ha pasado? - dijo Clinia mientras se quitaba su abrigo y lo ponía en los hombros de su compañera. - Nada, ¿esto es todo lo que tenéis para hacer fuego?- Sí, de vez en cuando encontramos plásticos en el mar pero no es mucho - dijo otra de las chicas cabizbaja.- Venid conmigo, se donde hay comida y algo más que basura para el fuego. - ¿Donde? Tienes que ayudarnos la mitad de nosotras está sufriendo una grave hipotermia - dijo señalando a la parte central del refugio donde tres chicas estaban acurrucadas y tremendamente pálidas, se veían sus manos y labios azules asomar por debajo de la ropa, un espectáculo horrible.

Era imposible pero parecía que iba a ser la primera prueba del Ártico en la que iban a volver todas las chicas vivas, trasladaron su campamento a la zona donde había estado Zia, con los nidos de las escúas consiguieron mantener el fuego alto y crepitante hasta pudieron comer todo lo que querían ya que Fox era un hacha haciendo trampas en las que las estúpidas escúas caían una tras otra con lo que los tres días pasaron más rápido de lo que cualquiera hubiese supuesto.

- Arwum tengo que hablar contigo - dijo Bret al tiempo que entraba en el dormitorio de las chicas.- ¿Ocurre algo? ¿Le ha pasado algo a Zia? - No, no es eso, hay algo que debes saber - se sentó a su lado y le cogió la mano tímidamente - pero debes prometerme que no se lo dirás a nadie.- Bret me estás asustando...- Es sobre vosotras, todas, no sois quien creéis ser, sois...- ¡Bret! - el corazón de Arwum iba a cien por hora y aunque había algo en ella que le decía que no debía saber eso ansiaba por que Bret terminara la frase.

- Sois... no se como explicarlo... vuestro número es vuestro código, cuando sois eliminadas se resetea y pueden volver a crear a otra de vosotras con unas aptitudes mejores que la anterior, sois como una esencia que se puede modelar, tu eres el número 48, por lo que tus habilidades aun no están del todo desarrolladas al ser un número creado el año pasado, Zia en cambio, número 8, es de las primeras por lo que sus habilidades están desarrolladas casi al máximo y si tiene suerte será la elegida y pasará a ser permanente.

"Estúpido" fue lo único que pudo pensar Arwum, esa idea era completamente estúpida, al igual que él, le había confiado sus miedos, le había tomado como un amigo y ahora respondía con esto, Arwum sabia que era mentira, era algo tan estúpido... Ella tenía 15 años, se acordaba de su vida, de su infancia, no podía ser otra persona, salió de la habitación y subió a la azotea donde siempre podía pensar con claridad.

Sentada en la cornisa de El Hogar se acordaba de su infancia en París, de su abuelo con el que iba al Louvre todos los fines de semana, era tan listo y le echaba tanto de menos, sabía todas las historias de los cuadros, desde "La virgen de las rocas" de Leonardo da Vinci hasta "Los nenúfares" de Monet y a ella le encantaba cuando su padre la llevaba en coche hasta la casa de campo de su abuelo para luego hacer todo el camino de vuelta al centro de París, y lo contentos que se pusieron cuando les llegó la noticia de que Arwum había sido aceptada en un colegio americano, nunca volvió a saber de su familia pero todo eso no podía ser mentira.

Un par de horas después al volver a su habitación encontró una nota "Arwum se que es difícil de creer, se que estarás enfadada pero yo no te mentiría así, te surgirán dudas pero prometo ayudarte, yo también me sentí así, Ipso es mi madre y mi padre el que os inventó, por eso tengo preferencia aquí, ¿no ves que soy el único hombre que ha logrado traspasar estas puertas? Confía en mi, somos amigos. BRET"

Capítulo 9

9-El último día los ánimos estaban por los suelos, una ventisca había desmontado el campamento y las cuatro chicas que habían caído enfermas estaban cada vez peor, su cuerpo no les respondía, no percibían los estímulos externos y solo se percibía su respiración lenta y dificultosa, por suerte estaban a punto de salir de ahí, al anochecer el helicóptero de la empresa aterrizó, Tais ayudó a las chicas sorprendida y al mismo tiempo aliviada de que no hubieran perdido a ninguna, esa prueba iba a pasar a la historia.

- Esto es increíble chicas, Ipso estará muy orgullosa de vosotras. - Ha sido todo gracias a Zia - exclamó Fox. - Increíble... - Tais miró a Zia, siempre le había parecido una alumna brillante aunque quizás un poco peligrosa para este experimento - ¿que tal se encuentra Musa? Ya estamos preparando su primera misión. - Está muy grave, hipotermia en su grado más alto... - respondió Zia al tiempo que echaba la mirada hacia su compañera, tendida en una camilla y arropada con varias mantas.

Llegaron horas después, cansadas y hambrientas a pesar de las "facilidades" que había tenido, corrieron hacia el comedor, esa noche habían puesto pasta carbonara y la cocinera, acordándose de ellas había guardado un poco, sentadas en una de las mesas con el comedor ya prácticamente vacío estaban las profesoras, y Bret, en cuanto vió a Zia entrar se dirigió hacia ella decididamente.

- Arwum está muy grave, tienes que venir conmigo - susurró Bret en el oído de Zia. - ¿Qué ha pasado? - Zia no salía de su asombro. - Ven, por favor - mientras en la mesa de los profesores se empezaba a notar el ajetreo de recoger la mesa ambos se escabulleron por una puerta lateral. - Bret, dime que ha pasado. - Aún no puedo, Arwum está en mi habitación, tienes que subir, es por aquí.

Zia entró tras Bret y vió a Arwum tumbada en la cama gigantesca que ocupaba casi media habitación, dormía y estaba tapada con una fina sabana pero se vislumbraba que no llevaba nada debajo, miles de pensamientos horribles nublaron la mente de Zia que roja de ira y sacando fuerzas de flaqueza se abalanzó sobre Bret que estaba sentado en el borde de la cama observando a Arwum, le tiró al suelo y le sujetó del cuello mientras no paraba de propinarle golpes por todos lados, Bret al principio paralizado intentó zafarse de ella pero no pudo, Zia era un torbellino de furia incontrolable.

- ¡Zia! ¡Zia para! ¡No es lo que piensas!- ¡Cabrón! Sabía que no debía fiarme de ti, ¡Arwum! ¡Despierta! - Zia sabia que algo iba mal, ¿porque no se despertaba? - ¡¿Que le has hecho joder?!- ¡Nada, dejame explicarme! - Bret le cruzó la cara a Zia de un bofetón, lo que hizo que ella, completamente descolocada, aflojara sus fuerzas y Bret pudiera zafarse - Ahora te calmas, ¿estamos?

- ¡Arwum! - gritaba Zia mientras zarandeaba por los hombros a su amiga - ¡Arwum estoy aquí, despierta!- Eso no servirá de nada, lo he intentado todo joder. - Bret tienes cinco minutos para contarme lo que ha pasado y convencerme de que no debo correr hacia Ipso y contarle todo lo que he visto - Bret se quedó lívido y empezó a hablar, le contó a Zia todo lo que le había dicho a Arwum, y como al día siguiente cuando acudió a ver si seguía enfadada la encontró tirada en el suelo, inerte - Entonces la subí aquí y le hice todas las pruebas que pude, algo no va bien Zia…

Mientras tanto en la sala de reuniones Ipso daba su característico discurso de finalización en honor a Musa, una Musa que estaba en la enfermería intentando superar la hipotermia, otra de las chicas desgraciadamente había muerto durante el viaje de vuelta y las otras dos estaban prácticamente recuperadas incluso las habían mandado a sus respectivas habitaciones, Musa era la que peor estaba pero al fin y al cabo había pasado la prueba del Ártico e Ipso y el resto de profesoras había acordado que ya estaba lo suficientemente preparada para asignarsele una misión, cuando tras un silencio que parecía eterno se anunció su primer trabajo todas las chicas empezaron a comentarlo, algunas impresionadas, otras alegrandose por ella pero aún con eso todas estaban muriéndose de envidia.

Mientras tanto en la habitación de Bret, cada uno sentado en una punta de la gigantesca cama y sin mirarse observaban a Arwum dormir, el único movimiento de la habitación era su respiración acompasada, o lo que fuese que estaba haciendo, era como si de un momento a otro se fuese a levantar abrazaria a Zia, hablarían de todo lo que había pasado en la prueba y seguidamente sacarían el I-pod para escuchar un poco de música como solían hacer.

- ¿Y que dices que somos? - volvió a preguntar Zia rompiendo el tenso silencio. - No lo se, ni siquiera se como os pueden hacer eso, parecéis completamente reales pero si Ipso quisiera ahora mismo podriais ser una persona completamente distinta. - Es una locura... - Zia aun no lo podía creer, en cambio había algo en ella que sabia que era cierto - ¿entonces, estás diciendo que Alain es otra chica? ¿Qué está viviendo con nosotras? ¿Cómo puedo no darme cuenta? - Al igual que no recuerdas que detrás de ti hubo muchos números 8, la que tenga ahora el número de esa tal Alain es ella, y todas las personas anteriores que han pasado por ese número, es complicado lo se...

- ¿Y por qué tengo recuerdos? - Zia no paraba de darle vueltas al asunto en su cabeza - yo me acuerdo de todo lo que me ha pasado casi desde que nací, es imposible que haya sido... creada.- Cuéntame, ¿que recuerdos tienes? - Bueno... te sonará raro, mis padres son rockeros aunque yo ame la música clasica yo me crié entre conciertos y músicos borrachos hasta que nació mi hermano Teddy, entonces mi padre se hizo profesor y al poco tiempo llegó mi carta de admisión aquí. - Vaya, no sabia que Ipso se hubiera pasado a la novela rosa, eso es "Sí decido quedarme" - dijo Bret divertido. - ¿A que te refieres? - Zia cada vez entendía menos. - Vuestros recuerdos están sacados de libros Zia.

Capítulo 10

10-Mientras estaban en clase otro temblor volvió a sacudir el edificio, un póster de África que colgaba de la pared derecha se cayó y en el lado opuesto las ventanas temblaron, pero las chicas ya estaban acostumbradas Zia había vuelto de su prueba hacía tres días, Arwum seguía sin despertarse y cada vez era más difícil ocultar su ausencia y Musa ya estaba casi completamente recuperada y preparándose para su nueva misión, esos temblores habían empezado dos días después de que Zia se fuese, al principio todas se asustaban pero ya su única preocupación era ver si algo se caía y se rompía, tras esa interrupción y un largo suspiro de la profesora la clase se retomó con la monotonía de siempre; hasta que, y esta vez no fue ningún terremoto sino alguien que llamaba a la puerta, volvió a distraer a las chicas.

- Buenos días, vengo de parte de la directora Ipso, podría salir Zia de clase un momento. - Por supuesto Bret - dijo la profesora un poco molesta por la interrupción - ¿que ocurre?- Eso es un asunto entre Ipso y Zia, no suyo - ambos fruncieron el ceño y tras salir Zia de la habitación Bret la siguió dando un portazo - será estúpida y amargada - susurró para si mismo.

- ¿Qué es lo que quería Ipso? - Zia caminaba un par de pasos detrás de Bret. - Zia esto es importante, los terremotos van a ir a más y mañana se cree que va a haber uno de 7 grados en la escala Righter, están evacuando la ciudad pero Ipso se niega a dejaros ir. - ¡Vamos a morir sepultadas en El Hogar! - exclamó Zia mientras le miraba realmente impactada - ¡eso es una locura!- Y por eso vamos a huir, he convencido a Ipso de que me deje salir a comprar unos suministros, pero no vamos a volver - ¿Y Arwum? No la podemos dejar aquí. - Lo tengo todo bajo control, prepara una mochila con lo esencial, prepara lo de Ar también y nos vemos en tres horas en los garajes.

Zia subió corriendo hasta su habitación intentando que nadie la viera, estaba asustada, sabía que lo que Bret le había contado era una locura pero había algo en ella que le decía que esa locura era cierta, metió en una mochila unas cuantas prendas de ropa, zapatillas de recambio y por supuesto su MP3, mientras buscaba entre las cosas de Arwum escuchó algo parecido a un maullido, pensó que serian imaginaciones suyas pero de repente un par de patitas diminutas agarraron uno de sus dedos, quitó un par de camisetas y de ahí salió un gatito, Zia lo cogió en brazos y mientras lo acariciaba vió que tenia un lazo al cuello con algo escrito "Cero", en seguida reconoció la letra de Arwum, suspiró y metió al animal en la mochila dejando una rendija para que entrase aire y cruzando los dedos para que no hiciera ningún ruido. Esperaba que Bret hubiera preparado el resto de cosas realmente necesarias, era el momento, huían de El Hogar.

A Zia le costó encontrar los garajes ya que nunca había ido ahí, ni ella ni ninguna de las chicas, supuso que estaban en la planta más baja pero cuando abrió la puerta vió que era la sala de calderas, un poco molesta por la pérdida de tiempo volvió a subir y allí estaba Bret, sonriente y complaciente de si mismo acompañó a Zia hasta un Jeep que había aparcado entre un pequeño bus y un viejo Camaro, ambos se sentaron, Bret en el volante y ella de copiloto, mientas el enfermero se peleaba con las marchas Zia inspeccionó el interior, Arwum estaba tumbada en el asiento de detrás.

Cuando Bret consiguió arrancar al fin salieron del garage a toda velocidad esperando que con los temblores que cada vez iban a peor nadie se percatara de su huida, Zia miraba por la ventana recordando aquel día en el que les dejaron salir, incluso le pareció ver el parque al que había ido. Las calles, tremendamente solitarias, estaban llenas de carteles que clamaban "Qué hacer en caso de terremoto", "Díez consejos de seguridad para ti ciudadano".

- ¿Adonde vamos ahora? - preguntó Zia - ¿O eso no lo tenias planeado? - Vamos a casa de mi abuelo, el padre de Ipso. - ¡¿Que vamos adonde?! - incapaz de creer lo que acababa de oír Zia chilló de tal manera que casi tienen un accidente. - Tranquila, Velkan está al tanto de todo lo que hace Ipso pero no está de acuerdo llevan sin hablarse desde que el proyecto empezó, él nos ayudará.

Dos horas después ya estaban lejos de la ciudad Zia se había dormido y Bret no paraba de bostezar así que decidió parar, el problema era que estaban en mitad de la nada, se volvió hacia atrás para mirar a Arwum, seguía dormida y esperaba que Velkan supiera que hacer, al fin y al cabo el había creado el proyecto aunque no se imaginase como iba a acabar. Agitó un poco a Zia por los hombros esperando que despertase y pudiera ayudarle a improvisar un pequeño campamento.

- Zia, despierta, vamos a parar - dijo Bret al tiempo que la zarandeaba por los hombros. - ¿Eh? ¿Ya hemos llegado? - No, esque no soy capaz de conducir más, a no ser que quieras que tengamos un accidente - dijo Bret con una sonrisa - espero que te acuerdes de todo lo que te enseñasen en El Hogar. - Y yo espero que tu preparases bien el equipaje - dijo Zia irónicamente.

Condujo hasta debajo de unos árboles, su único refugio por esa noche, Bret sacó una tienda de campaña que tenia en la parte de atrás y mientras la montaba Zia intentó hacer un fuego ya que al genio de Bret no se le había ocurrido llevar un mechero, esa siempre había sido la especialidad de Alain y a ella la verdad es que no se le daba demasiado bien, cuando terminó de montar la tienda Bret fue a buscar unas mantas que tenia en el maletero, pero cuando lo abrió no vio nada de lo que había guardado, allí había alguien.

Capítulo 11

11-

- ¿Qué coño haces tu aquí? ¡Bret, la pistola, ya! - Zia sacó como pudo a Musa del coche, le cogió del cuello mientras la inmovilizaba contra el suelo. - ¡Bret! ¡Ya! - Él miraba la escena divertido unos metros más atrás. - Parece que se nos ha colado una rata en el coche, ven aquí, ahora te vas a poner de pie y nos vas a contar que hacías ahí escondida, ¡Zia suéltala, juraría que no puede respirar!- Está bien... - Zia se retiró un par de pasos mientras Musa se levantaba y se sacudía el polvo.- Gracias por no matarme, ha sido todo un detalle - rió Musa sarcasticamente.- Ahora siéntate y habla.

Mientras Zia terminaba de encender el fuego Musa les contó como había oído a Ipso decir que iba a huir y que cuando ella intentaba hacer lo mismo vió a Bret cargando todas esas cosas en el coche así que se escondió, cenaron unas barritas energéticas con trocitos de chocolate y unas manzanas y se acostaron, las dos chicas en la tienda,

Bret en la puerta al lado del fuego desde donde podía mirar a Arwum, que seguía en el coche.

A la mañana siguiente continuaron el camino, por suerte estaban ya bastante cerca, los edificios habían desaparecido casi por completo, solo se veía alguna granja cada varios kilómetros, lo único en lo que Zia pensaba era en que parecía una de esas películas de miedo en las que los protagonistas se quedan tirados con el coche en mitad de la nada, cuando Musa estaba a punto de suplicar a Bret que pararan a estirar las piernas este se metió por una carretera secundaria, llena de baches y por la que parecía que no había pasado nadie en mucho tiempo.

- Es ahí detrás - dijo Bret señalando una curva.- Por fin, estaba a punto de tirarme en marcha - añadió Musa con un resoplido.- Oh, tranquila aun estás a tiempo de hacerlo. - ¡Chicas basta! Si la situación es como creo más vale que aprendáis a trabajar en equipo - Bret cortó la discusión de forma tajante mientras miraba hacia la casa que había aparecido detrás de los maizales ya secos por la estación en la que estaban.

Los tres, cada uno con una impresión diferente en el rostro, miraban hacia la casa, era una cabaña de madera de dos pisos y una chimenea desvencijada, con un pequeño corral a un lado donde unas ovejas y un par de gallinas daban vueltas sin rumbo, al otro un granero repleto de cosas y un pequeño tractor en la puerta, mientras las chicas miraban a todos los lados pensando como Bret podía haberles llevado a un sitio así un hombre mayor abrió la puerta de la casa, cubierta por una mosquitera, era alto y delgado, pantalones vaqueros raidos y una vieja camiseta que parecía anunciar una carrera de coches del año 67, ó 69, no se leía muy bien.

- ¡Pollito! - ¿Pollito? - Zia y Musa se miraron divertidas. - ¡Abuelo! No me llames así por favor, traigo invitadas - Velkan se aproximó hacia ellos y les tendió una mano curtida por el sol y el trabajo en el campo. - Bienvenidas, yo soy Velkan, el abuelo el Bret, ¿a quien tengo el honor de conocer? -preguntó sonriente. - Yo soy Zia y ella es Musa... 8 y 25. - Así que sois...- Sí, somos de El Hogar. - ¡Abuelo! Ven a sujetarme la puerta, tenemos un problema - gritó Bret mientras intentaba sacar a Arwum del coche.

Velkan corrió para sujetar la puerta antes de que volviera a caer sobre la espalda de Bret, cuando se dió la vuelta llevaba a Arwum en brazos, ella seguía en ese estado de inconsciencia, tenia la cabeza ligeramente ladeada y un mechón rubio le caía por medio de la frente, Bret suspiró y delicadamente se lo puso detrás de la oreja, miró a Velkan con cara de resignación y entraron dentro de la casa.

- Tenéis que ver esto, luego nos ocuparemos de la pequeña - Velkan subió el volumen del televisor donde una joven periodista daba las noticias con semblante serio. - "Una serie de terremotos han asolado todo el pais, los científicos se encuentran consternados ya que no saben donde está el foco del seísmo, contactamos con nuestra corresponsal en Washington". - "Gracias Leiny, como ven a mi espalda, esta ciudad se encuentra completamente desolada, la cantidad de muertos ha alcanzado las tres cifras y los heridos se cuentan por millares, el presidente ha emitido un comunicado en el que pide la evacuación absoluta de las grandes ciudades, todos los habitantes deben trasladarse al campo donde el gobierno ya ha habilitado varios campos de refugiados provisionales, devolvemos la conexión al estudio". - No puede ser... es... es surrealista - Bret, aun sosteniendo a Arwum, fue el único capaz de hablar, los demás seguían contemplando la pantalla del televisor sin saber que decir.

Subieron a una de las habitaciones que estaba escasamente amueblada, una cama enorme, un baúl de mimbre y un escritorio lleno de papeles completaban el mobiliario, Bret dejó a Arwum sobre la cama, las otras chicas se habían quedado abajo preparando algo de comer y mientras Velkan examinaba a la pequeña, le tomó el pulso, le examinó las pupilas, midió su nivel de deshidratacion y varias cosas más, finalmente miró a Bret y se encogió de hombros, no había encontrado nada raro.

- ¡Bajad por favor! ¡Ya está puesta la mesa! - gritó Zia por el hueco de la escalera. - Siento el desastre señor, esque no lograba encontrar la mayoría de las cosas...- No pasa nada pequeña, hasta que sepamos que hacer esta es vuestra casa - dijo Velkan al tiempo que se sentaba en la mesa - ahora todos a comer, ya me contareis que ha pasado con más detalle cuando terminemos.

Comieron lo que habían preparado Zia y Musa, unos filetes que habían encontrado, estaban un poco duros pero dada la situación nadie se quejó, cuando terminaron Zia se ofreció a lavar los platos, mientras tanto los dos hombres explicaron a Musa de donde venía y antes de que le diera tiempo a hacer muchas preguntas Bret expuso la situación de Arwum, si había alguna manera de salvarla era con la tecnología de El Hogar, todos los ordenadores y archivos se encontraban en un bunker a 40 metros bajo el suelo, tenían que llegar allí antes de que fuera demasiado tarde.

Capítulo 12

12-

- Es imposible que lleguéis vivos - insistió Velkan - la ciudad ahora está arrasada y lo más probable es que Ipso se haya dado cuenta de vuestra ausencia y os este buscando para continuar con su proyecto como si nada hubiera pasado. - Abuelo, no puedo dejar así a Arwum, tenemos que volver - Velkan miró a su nieto con cariño, pero no conseguía entenderle del todo. - Es cierto - añadió Zia - y tu vendrás con nosotros. - Zia, es un hombre mayor, no puede venir - Bret le lanzó una mirada condescendiente a Zia - él se quedará aquí cuidando de Arwum, a la ciudad iremos los tres.- ¡¿De verdad vas a confiar en Musa?! - gritó frustrada mientras se señalaba la cicatriz del cuello. - No nos queda otra, tu y yo solos no tardaríamos ni una hora en discutir e ir cada uno por su lado - con este argumento Bret zanjó la discusión y todos le dieron la razón en silencio.

- ¿Y a nadie se le ha ocurrido que aparte de ayudar a número 48, podríamos ayudar al resto destruyendo todo? Osea lo planeais todo muy bonito, llegamos, salvamos a Arwum y al resto que les jodan, ¿no es así? Pues yo creo que no, después de saber que soy no me conformo solo con eso, necesito que el resto lo sepan - miró a Velkan con decisión - di, ¿que pasaría si destruimos todo El Hogar?- Pues... - Velkan impresionado por el discurso de Musa no sabía como reaccionar - pasaríais a ser simples humanos, viviriais lo que os corresponda y moriríais. - Pues no se vosotros, pero yo quiero ser un "simple" humano - sentenció Musa. - Yo también - dijo Zia - y estoy segura de lo que dirían el resto, entonces, ¿vamos a destruir El Hogar? - Por supuesto que lo haremos.

Tras cinco días en los que Velkan les estuvo instruyendo sobre El Hogar y todos los secretos que aún les quedaba por saber salieron hacia la ciudad. Era un mal día, el sol parecía enfermo, las nubes lo cubrían todo y el frío era tal que te sentías como un cactus en Siberia. Y para redondear la faena el Jeep se estaba quedando casi sin gasolina, no tenían dinero así que era casi imposible que pudieran llegar a la ciudad en él, por suerte esta vez si llevaban una tienda de campaña, sacos y demás objetos que Velkan les había prestado.

- ¿Y si no conseguimos despertar a Arwum? - preguntó Zia de repente cortando ese silencio incomodo que se cernía sobre el vehículo - ¿seguiríamos adelante con la destrucción de El Hogar?- ¡Zia! ¡Eso no se te ocurra ni mencionarlo! - exclamó Bret colérico - ¡Claro que conseguiremos despertar a Arwum!- Lo que yo me pregunto es porque le tiene tanto cariño a 48 - Musa que iba en la parte de atrás soltó esa bomba que todos estaban deseando que explotase. - Es muy buena chica, y no quiero que sufra eso es todo, ahora ayudadme a buscar un sitio para parar y dejaros de tonterías por favor - dijo Bret.

A medida que se iban acercando a la ciudad los destrozos del terremoto se notaban más, atravesaron un pueblecito en el que casi todas las casas estaban derruidas, el polvo lo cubría todo como si fuera una ciudad fantasma y no se veía un alma, cuando estaban apunto de irse vieron el resplandor de unas llamas a lo lejos, cuando se acercaron vieron tres hombres alrededor de un bidón que estaban usando como chimenea uno de ellos era un poco mayor que Velkan encorvado y con el pelo canoso se frotaba las manos ateridas de frio; los otros dos, unos gemelos idénticos, tenían pelo oscuro, ligeramente largo y despeinado, ojos color tierra, taladrantes y barba de unos días, no eran muy altos pero y estaban extremadamente delgados, aparentaban unos 20 años aunque quien sabe, estos días habían sido duros para todos y era necesario crecer psicológicamente, lo que hace que las personas parezcan más mayores de lo que son.

- Buenas noches, tranquilos no os vamos a hacer nada, ¿alguno de vosotros nos puede explicar que ha pasado aquí?- Hola, me alegra ver a alguien, llevamos solos desde hace unos días - dijo el anciano - en este pueblo cada vez somos menos, el mes pasado quedábamos solo tres familias y con el terremoto se han ido todos, pero yo me niego, nací en este pueblo y en este pueblo moriré. - Abuelo no digas eso, en realidad estamos planeando irnos y buscar algún refugio o algo así. - Nosotros solo queremos acampar esta noche - dijo Bret - ¿os importa si os acompañamos?- En absoluto - dijo sonriente uno de los gemelos - aquí hay sitio para todos.

Ya más tranquilos bajaron del Jeep y se sentaron a su lado, estuvieron hablando mayoritariamente con los gemelos y estos relataron como a pesar de estar bastante cerca de la ciudad, su pueblo estaba realmente atrasado en muchos aspectos, el mayor de los gemelos, Urel, les confesó que siempre había soñado con ser médico y que aunque conocía todos los secretos de las plantas medicinales que se ocultaban en los alrededores del pueblo y ser el encargado de distribuir las medicinas que llegaban de la ciudad siempre había aspirado a más.

Después de cenar una especie de guiso que había preparado el abuelo con patatas y zanahorias sacadas de su huerto particular intentaron dormir, por la noche solían usar una de las casas a medio derruir para refugiarse así que Bret no tuvo necesidad de sacar las tiendas, compartieron las mantas que tenían y entre toses secas y con el invierno taladrando sus huesos terminaron por dormirse.

- ¡Abuelo! - gritó Urel - ¡Abuelo responde! ¿Estás bien?- Sí - respondió el abuelo entre toses - no te preocupes y ve a avivar el fuego, yo no me veo con fuerzas. - Vale, intenta incorporarte y comer algo anda, tienes que comer ante todo. - ¿Qué le pasa? - preguntó Zia entre susurros mientras ayudaba con el fuego - ¿se pondrá bien verdad?- Pues... - dijo el otro gemelo con la mirada al suelo - No se, estos días parecía que seguía estable pero ahora... tiene los pulmones demasiado dañados y a Urel se le han acabado las medicinas...

- Bret, deberíamos ayudarles - Zia se apartó de los gemelos para hablar con sus compañeros. - ¡Pero tenemos que llegar a la ciudad cuanto antes! -Bret estaba muy nervioso - ¿Recuerdas a Arwum? ¿Tu amiga? No se si te has dado cuenta de que está en peligro. - ¿Y abandonarlos aquí? El abuelo se está muriendo...- Yo coincido con Zia - dijo Musa después de pensarlo mucho - deberíamos quedarnos, al menos hasta que su abuelo mejore o...- Nos quedamos hoy, mañana por la mañana saldremos - sentenció Bret - no hay más que hablar.

Capítulo 13

13-

Amanecía y al igual que el día anterior todo estaba gris, como si las nubes hubieran venido para quedarse la niebla cubría el pueblo y el fuego hacía unas pocas horas que se había apagado bajo la mirada de Bret Urel intentaba volver a encenderlo sin éxito, todo estaba demasiado húmedo. Poco a poco se fueron despertando, de repente Heges, el otro gemelo, dió un grito que hizo que una bandada de murciélagos que había escondidos en una casa cercana se alejaran volando.

- ¿Que ha pasado? - preguntó Urel olvidando por completo lo que estaba haciendo. - Yo... esto... el abuelo... yo... - no consiguió decir nada pero todos entendieron lo que había pasado. - Sí tenéis palas yo os ayudaré a cavar, debemos hacerlo pronto - dijo Bret acercándose a Heges. - Lo siento mucho - musitó Zia. - Era difícil vivir aquí después del terremoto y más para él con esta salud tan delicada. - Debimos habernos ido como hizo todo el mundo, si hubiera sido capaz de conseguir más medicinas...

Consiguieron encontrar una pala y dos pequeñas azadas y los tres chicos se pusieron a cavar a las afueras del pueblo, aunque unos minutos antes estaban casi congelados pronto les empezó a sobrar la ropa; se quedaron en manga corta aunque tenían las camisetas empapadas, Heges decidió quitársela y ambas chicas pudieron comprobar que el hambre que habían pasado era real, los gemelos ya habían contado que a veces la comida tardaba en llegar y tenían que buscarse la vida, pero no pensaban que era para tanto.

Se le notaban cada una de sus vértebras cada vez que se agachaba a recoger una palada de arena; cuando se levantaba era peor sus costillas parecían querer salirse del cuerpo y aún así trabajaba como el que más. Zia le miraba hipnotizada, no sabía cómo era capaz de levantar tanta tierra si ella, mientras estaban en El Hogar, cogía en brazos a sus compañeras a duras penas. De repente vió a Musa acercarse con un pequeño árbol, delgaducho pero lleno de vida, entre los brazos.

- De donde yo vengo cuando alguien muere plantamos un árbol joven encima suya para que recoja su alma - dijo Musa tímidamente mientras se acercaba - bueno no se de que libro lo habrá sacado Ipso, pero he pensado...- Me gusta la idea - Bret sonrió amablemente - ¿y a vosotros?- Por mi si, ¿tu que crees Heges?- Está bien - contestó este mientras echaba las últimas paladas de tierra - acércate y lo plantaremos.

Eran casi las once, ya no hacía tanto frio, al menos sentías tus manos y se podía respirar sin dejar a tu alrededor una nube enorme de vaho. Tras recoger todas sus pertenencias y meterlas en el Jeep que estaba aparcado a las afueras Bret dió por terminado su descanso, si es que eso había sido descansar, en aquel pueblo. De repente dió una patada a una de las ruedas traseras, no quedaba casi gasolina e iba a ser imposible llegar a ningún sitio así.

- Chicas, malas noticias. - ¿Qué ocurre? - preguntó Zia con voz preocupada. - El depósito está casi seco - de repente Bret miró a los gemelos - ¿vosotros tenéis gasolina?- Que va, la usamos los primeros días para encender el fuego - Heges hizo una mueca de consternación - lo siento. - No pasa nada, chicas hay dos opciones, o vamos hasta la gasolinera más cercana y volvemos o vamos a la ciudad a pie, calculo que mañana por la noche estaríamos allí.

Se quedaron mirando unos a otros, cómo única respuesta Musa agarró una de las mochilas que había en el maletero y soltando un resoplido comenzó a andar en la que Bret había dicho que podrían encontrar la ciudad. Los gemelos se miraron entre si, muchas veces no les hacían falta palabras para comunicarse, se leían la mente con una facilidad asombrosa, esa vez era una de ellas; Urel se acercó a Bret tímidamente, temiendo el rechazo.

- Ahora iréis a la ciudad, ¿no es así?- Sí, tenemos cosas que hacer - respondió Bret. - Bueno nosotros llevamos tiempo queriendo irnos de aquí... sobretodo desde el terremoto y ahora que... - Bret asintió como seña de que sabía lo que quería decir - ¿podríamos acompañaros? Nos gustaría ver como están las cosas allí. - Zia, Musa, venid aquí - se apartaron un poco y Bret les explicó la situación. - ¿Y si descubrieran algo? - Zia miraba de reojo a Heges - desde que llegamos nos miran raro. - Eso es mentira Zia, yo creo que deberían venir con nosotras, total, por un día... - replicó Musa. - Dos versus uno - dijo Bret sonriente - ganamos, se vienen.

Terminaron de recoger lo poco que les quedaba a los gemelos después del terremoto, revolviendo entre las ruinas de la que había sido su casa encontraron unas cuantas prendas de ropa, algunos objetos personales y se pusieron en camino. Parecía que el sol les había esperado para salir de entre las nubes, hacía un calor impropio del mes en el que se encontraban y al rato la caminata se empezó a hacer bastante dura.

Mientras caminaban iban hablando de su infancia, Bret encabezaba la marcha, de vez en cuando echaba la vista atrás estaba nervioso, si los gemelos habían leído sus libros y sospechaban algo... al cabo de una hora intercambiaron sus bultos para hacer la carga menos pesada cada vez se empezaban a ver más poblaciones pero la gente brillaba por su ausencia, alguna cortina se movía, alguna luz se apagaba a su paso, pero no vieron bien a nadie.

- ¡Musa! ¿Estás bien? - Bret se giró asustado por el grito de Urel y vió a Musa en la suelo. - Sus constantes vitales son normales, es solo como si estuviera dormida - dijo Urel extrañado mientras examinaba a Musa - ¿sabiais si le ha pasado esto alguna vez?- No que yo sepa, aunque solo llevo un par de meses como médico en El Ho... siendo su médico de cabecera - Urel y Heges se miraron entre si al oírlo. - Que yo sepa tampoco - asintió Zia lanzandole una mirada asesina a Bret - aunque nunca nos hemos llevado muy bien.

Bret dejó a Musa en manos de Urel; de todas maneras el también era médico, bueno, más o menos. Tenía otras cosas en las que preocuparse. Mientras recogía las cosas que se le había caído a Musa no podía dejar de dar vueltas a la cabeza; eso le recordaba demasiado a lo que le había pasado a Arwum, empezó a hacerse preguntas ¿y si el terremoto destrozó parte de El Hogar y todas las chicas terminaban así? ¿Y si no era capaz de despertar a Arwum? ¿Se despertarían solas en algún momento? ¿Recordarían sus vidas?

Capítulo 14

14-

Mientras todos se repartían los bultos que había cargado Heges el muchacho intentaba levantar a Musa del suelo para llevarla en brazos, aún era pronto pero ya habían decidido que lo mejor era buscar un refugio.

- A mi parecer tenemos dos opciones: levantar vuestra tienda, aunque vamos a estar un poco apretados o allanar una de estas casas - dijo Zia con voz firme - parece que están vacías en su mayoría... aunque aún no se porque y no se si quiero averiguarlo. - Mitad, yo voto por meternos en una casa, siempre y cuando tengamos cuidado y la abandonemos si aparecen los dueños - Bret miró fijamente a Zia - tenemos que recordar que no es nuestra, ¿vosotros que pensáis?

Los gemelos se miraron a los ojos durante unos segundos y asintieron al tiempo que Urel decía "mejor busquemos una casa". Urel alzó a Musa no sin esfuerzo y se pusieron de nuevo en camino cada vez más cansados, aunque esta vez llegaron más rápido a su destino, por suerte tres calles más al norte divisaron un pequeño bloque de pisos de ladrillo rojizo, tenía cuatro plantas y aunque no parecía muy moderno el terremoto no le había hecho mucho daño, además la puerta principal estaba abierta.

Mientras subían iban comprobando todas las puertas, en tercer piso la que quedaba en la izquierda estaba entornada, entraron, pues no escucharon ningún ruido, aunque era un piso pequeño era bastante acogedor y enseguida Bret se puso a inspeccionar el piso, tan predispuesto como siempre; salón, cocina, dos pequeñas habitaciones con sus respectivos baños y una terraza bastante grande para ser un edificio tan antiguo, todo vacío. Parecía como si las personas que vivían ahí hubieran salido a toda prisa, los armarios y cajones estaban abiertos y a medio vaciar. De repente vio un portátil medio escondido bajo una cama, pensó que les podría ser útil así que se agachó a cogerlo.

- Bueno, no creo que vuelvan así que podemos quedarnos aquí, según Google Maps estamos cerca de El Hogar - dijo cuando vio a Zia. - ¿El Hogar? ¿Que es eso? - preguntó Urel - parece que nunca nos dijisteis toda la verdad sobre porque venís a la ciudad. - Bueno... - Zia miró a Bret nerviosa - El Hogar es un centro de investigación y estamos desarrollando una vacuna que podría ayudar a disminuir los efectos de la parálisis cerebral - Bret no daba crédito - ya casi lo hemos conseguido, por eso tenemos que volver. - Exacto... - balbuceó Bret - por eso... por eso Musa está así...- Vale... - dijo Urel mirándolos con suspicacia - os creo...

Zia y Urel acostaron a Musa en la habitación más pequeña que quedaba al final del pasillo, tenía una litera y una pequeña mesa de estudio, se veía que había sido de unos niños. Mientras Zia arropaba a Musa, no sabía si tenía frio pero decidió hacerlo de todos modos, pensó en como habían cambiado sus vidas en tan poco tiempo, no paraba de pensar en cuantas chicas podrían haber tenido el número 8 y un escalofrío recorrió su espalda cuando se le ocurrió que ella misma podía haber sido otra persona.

Tras un par de horas Heges y Urel salieron sin que los otros se dieran cuenta, paseaban cabizbajos por los restos de la ciudad sin rumbo fijo, el profundo silencio era espeluznante no se oía a nadie, no se veía a nadie. De repente Heges dio un grito, Urel, que se había separado un poco de él y le daba la espalda, volvió la cabeza, aunque su reacción había sido lenta y lo único que vio fue a su hermano sacudiendose el polvo; se había tropezado con una señal de prohibido aparcar que estaba completamente doblada, nada grave.

- ¿Tu te crees la historia que nos han contado? - preguntó Urel a su gemelo mientras se sentaba en un bordillo cercano - esque no se yo si...- Bueno - dijo Heges sentándose a su lado - si fueran a hacer algo malo no nos habrían ayudado tanto ni nos habrían dejado acompañarles - además, no tienen por qué contarnos su historia, nosotros no les hemos dicho la razón de venir aquí. - Lo se, lo se - replicó Urel - aunque la verdad, aquí no hay nadie, no creo que encontremos a papá. - Ten esperanza Urel.

El día avanzaba rápido y decidieron volver a la casa antes de que se hiciera de noche, de camino vieron a un hombre que salía de una tienda a través del escaparate cuyo cristal estaba hecho añicos, solo quedaban unos pedazos afilados en los bordes, llevaba una botella de leche y una bolsa de pañales; Urel le llamó a gritos pero cuando el hombre les vio salió corriendo entre los escombros. Los gemelos, al principio sorprendidos, corrieron detrás de él; pero, agotados y hambrientos, no tardaron en perderle de vista y decidieron no darle importancia.

- Por fin estáis aquí - dijo Zia nada más verles entrar - nos empezábamos a preocupar. - Lo siento - murmuró Heges - salimos a dar una vuelta y perdimos la noción del tiempo. - ¿Habéis visto algo relevante? - preguntó Bret desde la cocina, donde estaba atareado con la cena. - No - Heges miró a Urel - no hay nadie en las calles, es como si todos se hubieran esfumado...

En ese momento Bret anunció que la cena ya estaba preparada, por suerte, aunque habían sacado casi toda la comida que había en la casa, había encontrado unos filetes de pollo en lo más profundo del congelador y unas patatas que ya estaban empezando a echar raíces; tras freírlo, todos consideraron que esa cena era digna de un rey y comieron hasta hartarse. Después de la copiosa cena se distribuyeron las habitaciones, Zia en la litera de arriba con Musa, Heges y Urel en la habitación principal, que tenía una cama enorme en la que cabían los dos y Bret durmió el sofá desde donde podía vigilar la puerta.

Se incorporó del sofá sobresaltado, vio a Ipso en la puerta que se llevaba a Musa y a Zia esposadas, les empujaba por la espalda para que avanzasen, pero, ¿como había despertado Musa? ¿por que ninguna de las chicas oponía resistencia? Se intentó ponerse de pie pero su cuerpo pesaba como si estuviera hecho de plomo, intentó gritar pero tenía un nudo en la garganta, ambas chicas le miraban suplicantes, Zia dijo su nombre con voz ahogada, ahí fue cuando se despertó.

Capítulo 15

15-

- Hoy es el día - dijo Bret nada más levantarse - hoy entraremos. - ¿Recuerdas bien las indicaciones de Velkan? Deberías apuntarlo en algún sitio sabes que una vez dentro actuaremos a contrarreloj...- Por supuesto que si Zia, no soy idiota; vuestras vidas están en juego. - Bien ¿y los gemelos? ¿que hacemos si nos preguntan?- Bueno - Bret dudaba - ellos ya saben que vinimos a hacer algo importante.

Bret fue a buscar su vieja mochila con todo lo que tenía escondido, tras mirarla durante unos segundos metió en ella una botella de agua, un par de paquetes de galletas de chocolate, un cuaderno con un puñado de lapiceros, sabía que iba a tener que apuntar algunas frecuencias y datos, y por último su Colt del 45; la había rescatado la tarde anterior de una tienda de antigüedades a medio saquear y le encantaba.

Salieron en seguida, el día era soleado y caluroso; se encaminaron hacia El Hogar, según se iban acercando a la que había sido la carcel de Zia durante tantos años empezaba a reconocer todas las cosas que había visto aquel día que les dejaron salir; pero todo era más apagado, sin vida como si en lugar de unas semanas hubiesen pasado varios años. Cuando pasó al lado del parque en el que se había quedado dormida aquella vez estuvo a punto de pedirle a Bret que parasen un rato a descansar; pero en seguida se acordó de su misión y decidió apartar todos esos recuerdos de su mente.

En cuanto le vieron se acercaron corriendo al edificio, Zia se quedó paralizada durante unos segundos contemplandolo, su cabeza daba vueltas y no llegaba a creerse todo lo que había pasado y a pesar de eso volvían a estar allí, como si en ningún momento se hubiera movido y el tiempo no hubiese pasado. Bret la miró, su cara estaba pálida, inerte, pero en sus ojos oscuros se veía decisión, dio un par de pasos hacia ella para agarrarla de la cintura y entraron. Por fuera parecía que no hubiese sufrido ningún daño, por dentro era otra historia; pero como siempre, no había nadie ¿donde estaban el resto de chicas a las que Ipso había abandonado?

Mientras tanto, los gemelos, Heges y Urel, que cansados, se habían despertado únicamente cuando la luz de la mañana había dado con sus ojos, desayunaban apoyados en la ventana contemplando las vistas de la ciudad; el día anterior, al volver de su paseo, habían estado en un supermercado que había tan sólo una calle más arriba de su edificio y allí sus ojos se iluminaban cada vez que descubrían un producto nuevo, volvieron cargados con comida basura que podría haberles alimentado durante días. Su vida en el pueblo había sido mucho más sencilla, solo consumían aquello que producían, lo básico para sobrevivir y ahora disfrutaban probando todos los tipos de chocolate que nadie hubiera imaginado.

- Bueno, ¿por donde quieres empezar? - preguntó Heges con voz cansada. - Bueno, en las películas siempre van al archivo de la ciudad... - dijo Urel resoplando. - ¿Te parece a ti que esto sea una puta película? - Heges apretó el puño intentando calmarse. - ¿Acaso tienes tu una idea mejor? - Urel tiró por la ventana una bolsa de M&Ms vacía, haciendo caso omiso de la mirada reprobatoria de su hermano - no se, si quieres buscamos a alguien y preguntamos... ah claro, que aquí no hay nadie. - Vale... pues vámonos al archivo ya - dijo dándole la espalda - vamos a tardar días en encontrarlo...

Salieron los dos del piso dirigiéndose a la plaza central, allí, con suerte, encontrarían el ayuntamiento y de esa manera sería más fácil encontrar los archivos; hasta ahí la parte fácil, lo difícil iba a ser encontrar cualquier rastro de su padre. Gracias a los carteles colocados para los turistas encontraron el ayuntamiento, un edificio pintado de blanco de tan solo dos plantas, tenía un reloj gigantesco en la fachada que marcaba las 9 y 7 minutos, Heges miró su reloj de muñeca extrañado, pensaba que era más tarde, tras pasar las puertas se dio cuenta de que hacía una semana habían cambiado la hora; con lo que había cambiado el mundo ¿quien iba a preocuparse por la hora?

Urel subió las grandes escaleras de mármol que quedaban bastante ridículas teniendo en cuenta lo pequeño que era el edificio y Heges, tras quedarse unos instantes contemplando el interior tan puramente blanco, fue tras él. Había un pasillo bastante largo con 30 puertas a cada lado, todas de madera oscura, lo que no pegaba con el estilo del ayuntamiento, decidieron, o más bien Urel decidió, empezar cada uno por un extremo para finalmente juntarse en el medio. No sabían lo que buscar, revolvían archivadores y carpetas, miraban en los ordenadores... sin éxito cuando ya habían pasado cuatro horas y la ropa empezaba a pegárseles al cuerpo por culpa del sudor Heges llamó a su hermano emocionado.

- ¡Urel! ¡Ven! ¡Creo que he encontrado algo!- ¿El que? - preguntó el otro gemelo que le miraba apoyado en el hueco de la puerta. - Mira este portátil, en todas las carpetas que hay pone "Censo municipal" seguido de un año, está lleno de partidas de nacimiento. - Pero Heges, aquí solo están los últimos ocho años - Urel miró a su hermano extrañado, que parecía no entender nada. - Ya, pero es lo primero que encontramos en todo el día, de haber algo tiene que estar en este despacho.

Siguieron buscando un poco más ilusionados y enseguida empezaron a encontrar distintos documentos de años anteriores, no parecía que hubiese un orden concreto por lo que su trabajo era completamente aleatorio. El aire que entraba por la ventana revolvía todo y los gemelos empezaron a desesperarse cada vez más, hasta que Urel encontró un archivador con el año en el que nació su padre y los dos posteriores escritos en la tapa, estaba vacío.

Heges, bostezó cansado, le dolían los ojos de fijar la vista, ya había perdido la cuenta de todas las carpetas en las que había mirado, azules con gomas blancas, verdes con anillas e incluso una rosa con cremallera, pero no encontraba nada. Se levantó para estirar las piernas un poco, ir al baño y beber un poco de agua, de todas maneras no podían seguir allí mucho tiempo pronto empezaría a anochecer y tenían que volver al piso; de repente sus ojos toparon con un papel que había tirado por el suelo entre todos los que habían visto "Eno Krugg, nacido el 2 de Octubre de **** a las 07:13". Era él.

Capítulo 16

16-

Con el agua por los tobillos sólo ayudado por las botas de agua que llevaba Velkan recorría el sótano inundado buscando cualquier cosa que pudiera salvar. Ese pequeño cubículo que había servido de refugio durante la guerra ahora se destinaba como trastero; pero la tormenta que había azotado esa zona durante los últimos días había sido más fuerte que las bombas. Empezó a subir cajas llenas de cosas qur iba encontrando a las habitaciones de arriba, al menos los libros y todos los cachivaches de las estanterías solo estaban un poco húmedos por el ambiente. Al fondo vio una caja que casi había olvidado, en la parte de arriba, con una caligrafía irregular ponía "Bret & Rupi".

Levantó la enorme caja con cuidado ya que se estaba empezando a deshacer por abajo y olía a moho; con la mayor delicadeza posible la llevó hasta el salón. Allí antes de que se terminara de romper la abrió, empezó a sacar pijamas y ropa diminutos completamente mojados,

dos mantas bordadas de bebé y un puñado de peluches; en una de esas veces que metía la mano y agarraba cosas al azar escuchó un apagado "bip bip" y con emoción sacó al Coyote y al Correcaminos, los muñecos favoritos de sus nietos, el pájaro aún tenía el ribete rosa que habían tenido que coserle para que no se saliera el relleno.

En el centro, la mejor sorpresa, había varios álbumes que por suerte se habían protegido del agua por todo lo demás; Velkan, que casi no los recordaba, los sacó de la caja aliviado y sin poder evitarlo y olvidándose del pequeño lago que se había montado abajo empezó a verlos. En la mayoría de ellos había fotos de sus nietos Bret y Rupi, en la playa, en su casa durante la Navidad, disfrazados para Halloween... No pudo evitar que las lágrimas empezasen a rodar por sus mejillas, si Ipso no hubiera usado el genoma de Rupi para crear su proyecto ella seguiría siendo su niñita.

Desde que Ipso había sido rechazada una y otra vez por todas las empresas a las que intentó entrar, empezó a pensar en la forma de demostrar su potencial, a dar vueltas a la idea de crear algo que la diferenciase del resto; eso poco a poco llegó a destruirla por dentro hasta tal punto que dejó de lado todo lo que quería y le importaba para centrarse en su idea. Gracias a sus avanzados conocimientos científicos, consiguió clonar una planta, de ahí pasó a animales cada vez más grandes. Hasta que experimentó con su propia hija.

Mientras tanto, en la ciudad, Heges y Urel se habían llevado los papeles que habían encontrado con los datos de su padre al piso. Tras investigar un poco más gracias a un ordenador que estaba allí empezaron a leerlos; descubrieron que su padre, aunque había tenido una juventud turbia, había sido policía, y de los mejores, ahí venían detalladas muchas de sus misiones; tantas que parecía una novela policíaca. Asombrados y emocionados se bebían las palabras, era completamente increíble la cantidad de cosas que había hecho su padre, principalmente trabajaba intentando acabar con el tráfico de drogas pero también había tenido casos de prostitución y secuestros de menores. Y en todos había conseguido atrapar a los malos.

- Urel mira esto - Heges tendió a su hermano una de las hojas. - ¿Qué es eso?- Tu sólo lee - dijo Heges. - Vale... "Fallece el famoso polic..." - Urel no pudo continuar - ¿Papá ha muerto? - Parece que si, pero sigue leyendo. - No puedo Heges, no tengo fuerzas - suplicó Urel. - Aquí dice que murió en acto de servicio, mientras intentaba atrapar a unos narcotraficantes se llevó un disparo y... - giró la hoja- ¡¿pero qué?!

En la cara contraria de lo que había sido un periódico aparecían dos imágenes: una foto de su padre que llevaba a una niña a caballito con una mujer que llevaba un niño en brazos y otra la misma familia un par de años después todos llorando porque esta vez los niños no tenían a su papá, que estaba en el féretro que transportan sus compañeros de la policía. Urel miró por encima del hombro de su hermano y lo entendió todo, su padre tenía una doble vida, o más bien tenía dos, primero una vida en el pueblo y luego otra en la ciudad.

En ese mismo momento escucharon como Zia y Bret entraban, los gemelos les miraron inquisitivos pidiendo una muda explicación de por qué habían pasado la noche fuera. Ellos simplemente se desplomaron sobre el sofá dejando un par de bolsas con comida en la mesita auxiliar, cuando hubieron recuperado el aliento después de la larga caminata Bret preguntó a Heges que eran todos esos papeles que tenían esparcidos por la mesa a lo que este tampoco dio respuesta. Como la niebla que llega y no te das cuenta un ambiente de tensión se instaló entre los cuatro.

- ¿Y... que tal vuestro día? - preguntó Urel. - Bien, hemos ido a solucionar un par de asuntos - contestó Bret secamente. - Pues igual que nosotros. - Chicos... siempre tan insufribles - Zia puso los ojos en blanco mientras suspiraba. - Tu hasta hace unos meses nunca habías visto a un chico - Bret no pudo evitar una carcajada. - ¿Qué quieres decir?- ¿Cómo es posible que nunca hubiese visto a un chico? - preguntaron ambos gemelos sorprendidos. - Bueno... Zia es huérfana y estaba en un internado de señoritas y no les dejaban salir a la calle. - Claro... - Urel se levantó dando por finalizada la conversación.

Bret se quedó mirándole aun intentando entender que acababa de pasar entre ellos, que tan bien se habían llevado antes. Se le escapó un bostezo sin poder evitarlo y la idea de intentar dormir aunque fuese un poco invadió su mente. Se dirigió a la que se había adjudicado como su cama y mientras se quitaba la ropa para dormir más agusto decidió que tendría que darse una ducha para quitarse toda la suciedad antes de meterse en la cama. Entró al baño, abrió el grifo del agua, y un chorro helado le recorrió la espalda.

Capítulo 17

17-

-Mamá... ¿que le estás haciendo a Ru? - preguntó un Bret de seis años. -Bret te he dicho mil veces que no entres aquí, es peligroso. -Pero eso tiene pinta de doler... ¿Y cuando va a subir a jugar? El abuelo nos ha regalado unos caballitos de madera. -En seguida cariño, sabes que esto es importante para el trabajo de mamá - Ipso rebuscaba entre sus probetas hasta que encontró la que necesitaba, la miró al trasluz y recogió el líquido con una jeringuilla. -Adiós Ru... te espero en el porche - Bret se estremeció cuando vio como su madre inyectaba un líquido en el cuello de su hermanita.

El pequeño Bret subió las escaleras lo más despacio que podía, arrastrando los pies, él sabía que no debía odiar a su madre pero cada vez que bajaba a su hermana al laboratorio tenía ganas de tirarse a por ella, pegarle y arañarle la cara. Al menos Rupi decía que no sentía dolor y la mayoría de las veces no se acordaba de nada. En el salón estaba su abuelo, Velkan, viendo Star Wars. Bret corrió a su lado, el niño soñaba con ir al espacio, de mayor iba a ser astronauta y visitaría muchos planetas. Con ese pensamiento en la cabeza le volvió a inundar la felicidad olvidándose de lo que acababa de ver.

El reloj-despertador que Bret le había pedido a Heges la tarde anterior empezó a emitir el mismo pitido estridente de todas las mañanas. Eran sólo las 5 y media pero ese día volvían a madrugar, Bret se levantó y avanzó a tientas por el pasillo hasta el baño; abrió el grifo y se mojó la cara y el cuello. Esa noche había hecho un calor bastante extraño, él siempre dormía en manga corta, incluso en invierno pero esa noche había terminado lanzándola a los pies de la cama. En el fondo tenía ganas de salir con Zia, llegar a El Hogar y terminar con todo eso de una vez.

- Buenos días Bret - dijo un Urel somnoliento - te has levantado pronto. - Si, esto... Zia y yo tenemos que ir a un sitio - ¿y vosotros? - Heges y yo yo sabemos que hacer, todo esto es muy raro - ambos notaban como la conversación se volvía cada vez más incómoda- no hay nadie en la ciudad y...- Bueno... si queréis, podéis venir con nosotros, no se, no creo que a Zia le importe - Bret pensó que si eran las únicas personas que quedaban allí tendrían que intentar llevarse bien. - Vale, ¿pero que hacéis vosotros exactamente? - Os lo explicaremos por el camino.

Cuando, tras una larga caminata, Bret y Zia volvieron a ver El Hogar por segunda vez en menos de 24 horas, pero por vez primera para los gemelos que enseguida supieron que era allí donde tenían que ir, los cuatro se pararon inconscientemente. Zia miró a los que

NUMERO OCHO

se habían convertido en sus nuevos compañeros y fue la primera en reaccionar.

- Velkan dijo que teníamos que ir abajo - dijo ella mirando a Bret - allí será todo cosa tuya. - ¿Zia tu vivías aquí? ¡Esto es impresionante, menudo internado! - Heges no podía parar de lanzar exclamaciones - ¿Cuantas plantas tiene? ¿Que hacéis aquí exactamente? ¡Mira Urel! ¡Un jardín vertical en el lado norte!

Zia puso lo ojos en blanco, aunque en el fondo toda esa alegría y energía acababa de explotar como cuando agitas un bote de Coca Cola, le reconfortó. Entró por la puerta principal seguida de los tres chicos; nunca había visto ese hall tan gigante ya que la única vez que las chicas podían salir para su entrenamiento lo hacían por una puerta secundaria para no molestar al resto de trabajadores. En el fondo un mostrador gigante con el logo "Queal, nacidos para esto" hizo que Zia olvidara por un momento su misión.

La niebla del pasado flotaba en su mente, si todo aquello no hubiera sucedido probablemente Zia estaría graduada, todas sus profesoras alababan sus méritos e incluso Tais, la profesora que les acompañó en la prueba del Ártico, había comentado alguna vez la opción de adelantar su examen final. Quizás ahora podría estar en alguna misión, demostrando su valía como el resto de chicas, ¿pero acaso no era aquello una misión? ¿acaso no se estaban jugando la vida?

- Zia esto es impresionante - exclamó Heges - ¿pero que significa Queal? - Mañana responderemos a vuestras preguntas - el cuerpo de Zia y Bret se tensaba cada vez que alguno de los gemelos hacía una pregunta - ahora limitaros a seguirnos y ser de ayuda si hace falta.

Urel miró a sus nuevos amigos a través de los sucios cristales de sus gafas, que según su abuelo habían pertenecido a su padre. Mientras Bret se acercó al ascensor y pulsó el botón haciendo caso omiso de las miradas que estaba recibiendo; un par de segundos después se abrieron las puertas, por suerte, ya que recordaba como más de una vez había tenido que esperar incluso media hora cuando coincidía con la salida de clase de las chicas cuando todas se dirigían a las plantas más altas para disfrutar del tiempo libre y los cuatro ascensores que había colapsaban.

En cuanto se abrieron las puertas con su característico "ding" Urel dió un paso para ser el primero en entrar, estaba impaciente por seguir descubriendo tantas cosas como había en ese lugar. Sólo que en vez de avanzar más bien descendió; el ascensor se hallaba parado unas tres plantas más abajo, unos siete metros según calculó Bret. Todos se asomaron al agujero preocupados llamando a Urel a gritos, quien no hacía más que resoplar y sollozar.

- ¡Urel! ¿Estás bien? - su hermano no paraba de gritar y casi salta tras el si Bret no le sujeta - ¡Espera! ¡Ahora mismo voy a por ti! ¡No te muevas! - Vaya, y yo que pensaba irme a jugar a los bolos... - Urel, ya más calmado parecía haber recobrado su sarcasmo habitual - Estoy bien no te preocupes, es sólo mi pierna. - Tenemos que hacer algo rápido - dijo Zia - antes de que se haga de noche. - Aún quedan varias horas hasta que eso pase - dijo Bret. - Aún quedan varias horas hasta que podamos sacarlo de ahí.

Capítulo 18

18-

Tras los primeros instantes de pánico, Bret fue el primero en reaccionar debidamente, sus brillantes ojos escanearon la sala hasta que vio que a cierta distancia del ascensor había una manguera de incendios, Bret rompió el cristal de seguridad con el codo y empezó a tirar, en ese momento Zia y Heges comprendieron lo que estaba haciendo y entre los tres consiguieron desenrollar la pesada manguera. Avisaron a Urel de que se pegase a la pared lo máximo posible y lanzaron esa cuerda improvisada por el hueco del ascensor.

- ¡Es demasiado corta! - gritó Urel - ¡no llego, y no puedo ponerme de pie!- ¡Inténtalo! está extendida al máximo. - Zia, soy médico, tengo la tibia y el peroné fracturados y a punto de desgarrar el músculo. - ¡Inténtalo! - Heges daba vueltas y se frotaba las manos cada vez más nervioso - ¡Inténtalo hermanito, o me tiro a buscarte!

Zia, exasperada, sacó la navaja suiza que siempre llevaba en el bolsillo derecho del pantalón, tenía 35 funcionalidades, era una de las más completas del mercado, tijeras, lima, regla, destornillador, ab rebotellas... y como no, navaja, había pertenecido a Emer; situada junto a la base antincendios intentó cortar la manguera, el filo era bastante decente, ella misma se encargaba de ponerlo a punto cada cierto tiempo.

Empezó a cortar a un ritmo constante pero el tejido con el que estaba hecha era demasiado grueso, algo así como plástico y tela entretejidos, probó con el cuchillo de sierra pero al retroceder los picos se quedaban enganchados; estaba empezando a desesperarse, un sudor frío le recorría la espalda al tiempo que pensaba en los chicos, aún no se habían dado cuenta de lo que tramaba pero cuando lo hicieran pondrían en ella todas sus esperanzas. La capa exterior comenzó a deshilacharse, aunque era un trabajo arduo en unos minutos lo tendría.

- ¿Que haces Zia? - preguntó Heges al divisarla por el rabillo del ojo en una de sus vueltas - ¡Oh, gran idea! Espera que te ayude. - No es tan fácil como parece, la manguera es muy dura. - Déjame la navaja un segundo, tu estás cansada y frustrada, te puedes hacer daño. - Bueno... - Zia le tendió la navaja - a ver que sabes hacer.

Heges intentaba cortar lo que podría ser el salvavidas de su hermano con todas sus fuerzas, tiró la navaja al suelo e intentó rasgarlo con las manos, pero tampoco era capaz de hacer nada. Mientras tanto, Bret, daba vueltas a la situación ajeno a los esfuerzos de cortar esa manguera de sus compañeros, había terminado sentándose con las piernas colgando por el gran agujero que se había tragado a Urel, quien estaba sentado en una esquina mirando su pierna cada vez más hinchada, todos sabían que debían seguir adelante, pero habían avanzado demasiado poco como para dejar a alguien atrás.

- Zia - dijo Bret levantándose - ¿recuerdas si hubo algunas obras aquí hace un año? - Si, creo que si. - Dejad lo que estáis haciendo - Zia y Heges le miraron extrañados - tengo la solución. - ¿¡En serio?! ¿Y cual es? - gritó Urel desde abajo. - Bueno, solo respóndeme a una cosa, ¿sabes nadar?

Todos en la ciudad recordarían el 31 de marzo de hacía dos años, muchas empresas habían estado apunto de irse a la quiebra, ese día se había aprobado definitivamente una ley muy controversial por el gasto y las dificultades logísticas que suponía, la "Ordenanza municipal n° 2511" exigiría a los edificios de más de 30 plantas cambiar todo su sistema antincendios y entre otras cosas sustituir los extintores de polvo químico seco por mangueras conectadas a la toma de agua general, es decir, la misma que usarían los bomberos; se había descubierto que el "púrpura K" que se utilizaba normalmente era muy peligroso de producir y en grandes cantidades, como al apagar un incendio, podía entrar en las vías respiratorias y matarte más rápido que el propio humo generado por el fuego.

Tras contar hasta tres Heges accionó la manguera mientras Zia y Bret la sujetaban, tenía más presión de la esperada e intentaban dirigirla al lado derecho, tratando de evitar la esquina donde, encogido, se encontraba Urel. Desde un punto de vista lógico, había muchas posibilidades de que esa locura no funcionase; no sabían como de impermeable era toda la mezcla de escombros y distintos materiales que allí había, ni si el agua iba a encontrar alguna fisura por donde colarse.

Había pasado media hora desde que empezaron a llegar el agujero y al contacto con el agua fría que ya cubría hasta la rodilla la pierna de Urel dejó de doler tanto, tras otra media hora y ya le llegaba por las caderas, era difícil mantener el equilibrio y ya no podía permanecer sentado. Pasadas dos horas el agua le llegaba por el cuello, era ahora o nunca, ¿podría mantenerse a flote con la pierna así?

- ¡Corta Zia! - gritó Bret. - ¡Voy! - Urel, ahora tienes que intentar moverte, no podemos arriesgarnos a seguir llenando esto y que te ahogues - Bret miraba a Urel que parecía cada vez más asustado. - Tengo los músculos entumecidos - contestó Urel - no creo que pueda. - ¡Tienes que poder! - Heges miraba a su hermano con lágrimas en los ojos.

Urel se lanzó hacia alante sin pensar en lo que hacía, el agua estaba helada y enseguida notó como le engullía por completo, abrió los ojos y sólo vió oscuridad, sus extremidades no respondían y se estaba quedando sin aire. Su irresponsable salto le había llevado a una zona más baja donde no hacía pie, empezó a notar como se hundía en la negrura y el silencio.

Abrió los ojos asustado cuando sintió como algo, mojado y blando, le agarraba por debajo de los brazos, incapaz de saber que era intentó poner resistencia pero tal y como estaba a duras penas era capaz de moverse y menos desembarazarse de aquel ser que le rodeaba. Una sensación como si miles de brazos le intentaran sujetar nublaba su mente, así debía de sentirse un pirata cuando el Kraken le capturaba, casi era capaz de sentir las ventosas en su piel, el miedo era tal que se desmayó sabiendo que en unos segundos terminaría por morir ahogado en ese pequeño mar de ciudad.

Capítulo 19

19-

Desde fuera vieron como el agua llegaba casi al borde, el agujero del ascensor estaba casi lleno; Bret fue capaz de alzar a Urel y entre Zia y su hermano le sacaron. Bret había saltado al agujero en cuanto vio como Urel se hundía, consiguió agarrarlo por los hombros, cargarlo a su espalda y con un esfuerzo herculeo nadar los dos metros que le separaban del borde con su nuevo amigo a la espalda.

- Está inconsciente, debe haber tragado mucha agua - dijo Bret.
- Pero si no ha estado ni dos minutos sumergido - Heges no podía soltar a su hermano. - Tranquilo, le haré la respiración boca a boca.

Tras unos segundos que parecían no tener fin Urel empezó a toser, no paraba de echar agua. Entreabrió los ojos lentamente intentando reconocer el lugar donde se encontraba; no estaba en su pueblo, miró a su hermano y no tardó en darse cuenta de que había más personas con él. Cuando vio a Zia y a Bret recordó todo, intentó levantarse pero respirar tumbado era mucho más fácil.

- Quédate tumbado y respira lentamente - le dijo Bret con voz queda mientras ponía una mano en el pecho de Urel. - Gracias a todos, pero tranquilos, estoy bien - su voz sonaba poco convencida mientras miraba su pierna - tengo que entablillarla, el hueso se ha movido más de lo que debería.

Inmovilizaron su pierna, que ya se estaba empezando a poner morada, con una tabla y tiras echas con el cuero blanco del gran sofá que presidía la sala. Habían perdido mucho tiempo y el sol pegaba con más fuerza de la que querían soportar, decidieron tumbarse al lado de la puerta y Bret encontró una máquina de snacks, la que tras un par de golpes consiguió abrir; cogió cuatro bocadillos de atún picante y un puñado de Twix.

- Tomad - dijo Bret tendiendo la comida a sus compañeros - ¿habéis decidido ya que hacer? - ¿Qué hacer de que?- Urel, que hacer con tu pierna. - Nada - dijo convencido Urel - vosotros habíais venido aquí para algo importante, hacedlo y nos vamos. - ¡Pero tienes que ir al médico! - exclamó Heges, su hermano, que aún no se había tranquilizado del todo. - ¿Tú has visto muchos hospitales cuando veníamos para aquí? - Si, de hecho he visto dos, así que ahora mismo te vienes conmigo a buscar a alguien que pueda salvarte, ¿y si no consigues caminar nunca más? - ¡Heges! - dijo Zia mientras se levantaba - ¿Acaso crees que alguien nos estará esperando en un quirófano para operar la pierna de tu hermano? ¡No! Pues déjanos buscar otra solución joder.

Tras casi dos horas de discusión decidieron que lo mejor iba a ser que Zia y Bret descendieran hasta los laboratorios para echar un vistazo. Mientras tanto los gemelos se quedarían a un lado de la puerta, así Heges podría reposar mientras hacían guardia; todos sabían que era poco probable que apareciese alguien pero en estas situaciones era imposible saberlo.

Bret, seguido de cerca por Zia empezó a bajar las escaleras, habían acordado que las escaleras de incendios serían más seguras, si el ascensor se había desprendido tendrían que tener cuidado con el edificio, estas eran de metal, estaban preparadas para seguir en pie en caso de accidente y eso esperaban. Llegaron a un pasillo muy largo, tanto que parecía que se salía de los términos de El Hogar; las luces de emergencia estaban activadas pero a pesar de ello era difícil ver los letreros de las puertas.

Recorrieron el pasillo hasta el final, no había salida solo una puerta más sobre la que estaba escrito "Almacén", Bret suspiró pensando que quizás toda ese viaje no iba a servir para nada, quizás Velkan no conocía El Hogar tanto como creía, habían pasado muchos años desde que lo abandonó, probablemente Ipso había cambiado cosas y la memoria de su abuelo ya no podía ser la que era.

-No lo entiendo, este pasillo debería dar con unas escaleras pero parece que estamos en un callejón sin salida - dijo Bret totalmente frustrado - es como si se hubieran esfumado, me recuerda a cuando era pequeño y leía los libros de Harry Potter, parece que estuviéramos buscando la Sala de los Menesteres. - ¿Y ahora qué? - preguntó Zia mientras abatida se dejaba caer contra la pared.

"Introduzca código de acceso" Bret y Zia se sobresaltaron al oír esa voz mecanizada que no salía de ninguna parte, miraron a su alrededor pero estaba claro que todo seguía igual que unos segundos antes, "Introduzca código de acceso" volvió a repetir insistente ese fantasma informático. De repente una pequeña pantalla se iluminó parpadeante durante unos segundos, estaba justo encima de la cabeza de Zia y debía de haberla golpeado con el hombro al sentarse.

- Demasiada seguridad para un almacén ¿no crees? - dijo Zia completamente emocionada. - Debe de ser una tapadera - Bret volvió a pulsar la pantalla sin conseguir nada - la energía va y viene, quizás no podamos abrirlo. - Bret, aunque tuviéramos toda la energía del mundo no sabemos el código, ¿o acaso tú sí?

Bret no lo sabía, por supuesto que no lo sabía, desconocía la existencia de esa sala hasta hace unos minutos. Miró el teclado sin saber que hacer, pulsó "123456" pero esa estúpida voz dijo "Código erróneo", probó con el cumpleaños de su madre "1712XX" y otra vez, como si de una burla se tratase "Código erróneo". Miró a Zia incapaz de decir ni una palabra, pero su mirada lo decía todo.

Volvieron sobre sus pasos decididos a buscar algún tipo de martillo o palanca, si no conseguían abrir esa maldita puerta por las buenas lo harían por las malas. Bret empezó a tener miedo de que no pudieran salvar a Arwum, que seguía en casa de su abuelo, a Musa, que estaba en el piso que habían asaltado y quién sabe a cuantas chicas más.

Se separaron para buscar las herramientas necesarias, Bret buscaría abajo y Zia volvería arriba, cualquier cosa podría servir. Ella subió las escaleras de nuevo pensando en pedir ayuda a Heges, quizás a él se le ocurriera alguna manera de traspasar esa puerta. Los dos hermanos estaban fuera, el sol de la tarde les daba en la cara y ambos dormitaban prácticamente abrazados.

Zia se permitió descansar durante un par de segundos, inspiró y espiró varias veces para relajarse mientras miraba la ciudad. Parecía como si el tiempo se hubiera parado y todo el mundo hubiera desaparecido, ni siquiera había viento que moviese las ramas de los árboles. Zia se dió la vuelta y miró El Hogar, en la fachada el cartel de Queal y debajo de él con unas letras a las que el paso del tiempo había robado su color azul ponía "a tu servicio desde el 19 de Octubre de XXXX"

Capítulo 20

20-

Corrió, voló, como si el suelo ardiese bajo sus pies mientras los tres chicos gritaban su nombre sin entender absolutamente nada, pero Zia ya no les escuchaba. Estaba tan claro... ¿cómo no se le había ocurrido? lo había tenido delante de sus narices todos estos años en El Hogar, estaba en cada uno de los libros de sus clases, en los uniformes que usaban para los entrenamientos "19 de Octubre de XXXX". Bajó y recorrió el pasillo de los laboratorios, iba tan rápido que casi no le dió tiempo a frenar al llegar a ese almacén y antes de que a esa voz mecanizada le diera tiempo a terminar su frase, logró teclear el código correcto "Introduzca..."

- ¡Ya lo he introducido, ya lo he introducido! ¡Ábrete de una vez! - gritó Zia - ¡Bret! ¡Baja o entro sin ti! - ¿Lo has conseguido? - preguntó Bret desde el comienzo del pasillo. - ¿Qué ha conseguido? - Heges y Urel no entendían nada. - ¡Vosotros no deberíais estar aquí! ¡Bret! ¡¿Por que los has traído?!

Los tres chicos se miraron entre ellos, en ese momento Bret pensó que quizás no había sido la mejor idea dejar que los gemelos le siguieran pero cuando vieron a Zia correr no podía pararse a dar explicaciones. Antes de que a ninguno le diera tiempo a decir nada una alarma empezó a sonar.

A Bret se le erizó por completo el pelo de la nuca, no sabía que estaba pasando, pero recordó como cuando era pequeño y estaba viendo su película favorita de Disney sentado en el sofá escuchó una alarma proveniente del laboratorio de su madre. Bajó corriendo las escaleras y vió a su hermana en esa horrible camilla, estaba dormida y él intentó despertarla "Ven, vamos a ver una peli" se vió a si mismo zarandeando a su hermana "Te dejaré que elijas", pero Ipso le alejó de ahí y Rupi nunca respondió.

Venía de dentro, no había duda. Zia sujetó la puerta para que todos pasasen; Heges y Urel, inquietos, no estaban del todo seguros de que hacer, pero tras la mirada llena de urgencia que les lanzó la chica no lo dudaron y entraron rápidamente. Una luz roja proveniente de la iluminación de emergencia hacía brillar la sala como un infierno en la tierra. Todo estaba lleno de ordenadores con una pantalla gigante al frente, parecía el centro de control de la NASA.

Justo delante de ellos había una mesa enorme con un sillón de cuero gris, una de las pantallas que había fijadas en la mesa desprendía una luz roja algo más tenue que la que iluminaba la sala, cuando se acercaron vieron que de ahí salía el sonido que les había parecido una alarma. En la pantalla se podía leer este mensaje en unas letras mayúsculas y estiradas "Fuente de energía de reserva al 5%".

- No... - Bret soltó un sollozo - no vamos a tener tiempo. - ¿De verdad? - Zia le miró preocupada. - Como el sistema eléctrico se ha estropeado, se ha activado automáticamente el generador de emergencia, pero está a punto de agotarse también, no estaba previsto para este tipo de catástrofes sino para apagones momentáneos.- Pero podemos intentarlo, ¿no? - Eso espero, ojalá pudiese hablar con mi abuelo, él sabría...

Ayudaron a Urel a sentarse en el gran sillón gris, su pierna no tenía mejor pinta que antes, Heges le miró preocupado mientras pensaba si lo mejor no sería buscar un hospital e intentar conseguir algún antiinflamatorio que bajase la hinchazón por el momento. Entre tanto Bret se puso a los mandos, tocando las diferentes pantallas e intentando recordar todo lo que Velkan le había dicho. La energía estaba ya al 4%, debía ser rápido, imposiblemente rápido.

La mente de Zia volaba por sus recuerdos casi a la misma velocidad que las manos de Bret sobre esa mesa. Si no podían solucionarlo ella también caería en ese estado comatoso, ella y todas las demás chicas que se hubiesen salvado y aunque no estaba segura sabía que no habría manera de solucionarlo; no es que tuviera muchas amistades entre las demás personas de El Hogar pero tampoco se llevaba mal con ninguna. En ese instante se le ocurrió que tenía que haber subido a ver si quedaba alguien en las habitaciones, alguna alumna, alguna profesora, Ipso. Quien fuera.

Al comprobar que nadie estaba atento a él, Heges logró escabullirse, mientras miraba a su hermano, dormido en el sillón, de la recién descubierta sala. Llevaba un rato dándole vueltas a la idea y lo vio claro. Iría a un hospital, seguramente encontraría a alguien, médicos cualificados que estuvieran atendiendo a la gente después de este desastre. Por eso no habían visto a nadie, pensó el gemelo, porque todos habían sido evacuados a lugares seguros, pero los hospitales seguirían funcionando, de eso no cabía duda. Conseguiría que alguien trajera una ambulancia para rescatar a Urel.

La brisa nocturna le acarició el rostro, se quedó parado unos instantes, disfrutando de la noche; aunque llevaba su reloj en la muñeca había perdido en cierto modo la noción del tiempo. Todos estos días habían pasado como un torbellino a su alrededor, durmiendo mal y a ratos y comiendo a cualquier hora ya nada en su cuerpo diferenciaba el día de la noche. No conocía la ciudad así que empezó a andar al este, alejándose de El Hogar, ignorando el hecho de que quizás volver no iba a ser tan fácil.

Es increíble lo mucho que las estrellas pueden iluminar cuando no hay ninguna luz artificial, la ciudad estaba toda bañada en un brillo plateado que hacía que el mundo pareciese una película en blanco y negro. A pesar de que la luna era solo una delgada curva en el cielo miles de millones de estrellas brillaban con toda su fuerza. Ni siquiera cuando vivía en mitad del campo con su abuelo había visto Heges un firmamento tan impresionante; aunque el propósito por el que había salido era otro, le daban ganas de tumbarse en la hierba de un parque cercano a mirar las estrellas y tras mucho meditar decidió que eso haría, al menos hasta que amaneciese.

Había soñado despierto durante horas, viendo como las estrellas se movían y hasta que el sol no apagó su brillo no se levantó. Pero, ¿y ahora que? pensó mientras se estiraba.

- ¡Tú! - exclamó una voz extraña - ¿Quien eres? ¿Que haces aquí? - Me llamo Heges y necesito ayuda, por favor - dijo nervioso mientras de acercaba al hombre - lléveme al hospital.- ¡Quieto o disparo! ¡Las manos en alto, que yo pueda verlas! - ¡Por favor! - Heges vió como el hombre sacaba una pistola del bolsillo.- ¡He dicho que estés quieto! ¡Tú lo que quieres es robarme la comida! ¡Pues traga balas hijo de puta!

Capítulo 21

21-

Lo primero que vió al abrir los ojos fue un póster con coches de Fórmula 1, intentó incorporarse pero la cabeza le daba vueltas y cuando consiguió ponerse de pie la vista se le cubrió con una niebla extraña y cayó golpeándose la cabeza contra la mesilla. Nada más escuchar el golpe Velkan subió corriendo, con el corazón latiendo más rápido que el aleteo de un colibrí, vio a Arwum en el suelo y solo pudo pensar "lo ha conseguido".

- Levanta pequeña, apóyate en mi hombro - dijo el anciano acariciando el pelo de Arwum- Yo... no se que está pasando... ¿esto es una broma? - ella se encontraba al borde de las lágrimas - yo estaba con Bret ¿dónde está?- Calma, yo te explico, soy Velkan, el abuelo de Bret - dijo él señalando a una foto de su nieto que colgaba de la pared- ¿Dónde estoy? Esto no es El Hogar... ¿qué ha pasado?

Empezó a relatarle todo lo que había sucedido, las lágrimas corrían por las mejillas de la chica haciendo pequeñas carreras y solo logró calmarse cuando notó cómo algo peludo se restregaba contra su tobillo y con un arrebato de felicidad pudo comprobar que era Zero. La historia que ese extraño le estaba contando era muy difícil de creer, pero Velkan le entregó una carta que Bret había escrito antes de irse para que se la diera en caso de que ella despertase.

La carta explicaba lo mismo que Velkan le acababa de decir, pero también hablaba de Rupi: "Desde que te conocí vi gran parte de mi hermana en ti, una parte que no he logrado encontrar en el resto de chicas de El Hogar y en cierto modo eres ella. Espero que no estés muy asustada, si estás leyendo esto es porque todo ha salido bien, volveré pronto pequeña y empezaremos junto a Zia una nueva vida. Ojalá puedas perdonarme por no haberte contado todo esto antes. Bret."

- ¿Entonces ya está? - dijo Zia lanzando un suspiro mientras veía como todas las pantallas se iban apagando - ¿ya lo hemos arreglado? - Si, al menos tú sigues aquí, así que supongo que si- ¿Y ahora que? - preguntó- Volver a por Arwum y Musa - respondió él - y entre todos decidimos- ¿Y con Urel que hacemos? - ambos miraron al gemelo, que seguía durmiendo plácidamente

Decidieron esperar a Heges, no tardaría en volver con ayuda así que solo era cuestión de horas, si no minutos, que abandonaran ese horrible lugar por última vez, lugar que por mucho que se llamase así, nunca sería su hogar. Bret se quedó a su lado, con el deseo de ver al hermano de Urel aparecer por la puerta lo más rápido posible; mientras Zia intentó subir a las habitaciones y rescatar alguna pertenencia que hubieran dejado olvidada con las prisas.

Tras casi dos días esperando ya no sabían que más podían decirle a Urel para darle esperanzas; era obvio que Heges no iba a volver, algo le había pasado y no lo iban a averiguar allí sentados. Decidieron volver al piso donde estaba Musa, en caso de que siguiera allí claro. Porque habría despertado y probablemente no sabría que hacer ni dónde estaba, y lo mismo con el resto de chicas.

Según abrieron la puerta una tela más pesada de lo que habrían imaginado cayó encima suya, intentaron levantarse pero estaban atrapados. Bret empezó a sudar, no era amigo de los espacios pequeños y estar, en cierto modo, sepultado, era una sensación tremendamente claustrofóbica. ¿Qué estaba pasando? Era como su hubiesen caído en una especie de trampa y en ese mismo instante una idea pasó por su mente como una estrella fugaz.

- ¡Musa! ¡Musa, somos nosotros! - gritó Zia desesperada - ¡Sácanos de aquí! - a Urel casi se le saltaban las lágrimas del dolor - ¡Mi pierna! ¡Duele mucho joder!- ¿¡Que os saque!? ¿¡Que os saque?! ¡Antes me vais a explicar que coño ha pasado, dónde habéis estado estos dos días y cómo he llegado hasta aquí!- Musa tranquila, lo hemos solucionado todo - dijo Bret calmadamente - sácanos de aquí y te lo explico todo

No sin dudarlo durante unos segundos, Musa retiró la trampa y tras colocar a Urel en el sofá, Bret empezó a relatarle lo que había pasado desde que cayó en el mismo sueño que Arwum. Por su parte, Musa les contó como se había despertado de repente, lo desorientada y frustrada que se había sentido al encontrarse en un lugar completamente desconocido para ella, sin saber que estaba pasando y lo peor, sola.

- Me desperté muy desorientada, no sabía donde estaba ni cómo había llegado aquí - empezó diciendo Musa - vi todas vuestras cosas, pero ¿vosotros? Desaparecidos. Intenté salir de aquí pero no encontré a nadie. Justo esta mañana decidí desistir y esperaros, sabía que volveríais o al menos en eso confiaba. - ¿Y por eso nos has preparado una trampa de bienvenida no? - dijo Zia sin poder aguantarse la carcajada que llevaba un rato conteniendo.

Entre todos llegaron a la conclusión de que lo mejor sería poner rumbo a casa de Velkan, eso sí, a la mañana siguiente. Por suerte Musa había encontrado un montón de comida, incluso un hornillo y una batería y pudieron darse un festín basado en spaguettis con albóndigas y donuts de chocolate. Urel en cambio no fue capaz de probar bocado, algo le decía que su hermano no iba a volver y tras la insistencia de los otros aceptó acompañarles hasta poder recuperarse.

La noche fue más fresca de lo que esperaban, aún con las ventanas cerradas una corriente envolvía el interior del piso como si estuviera viva y hacía que dormir se convirtiese en algo más complicado de lo que debería ser. Zia, harta de dar vueltas en la cama se levantó y tras coger una manta se apoyó en la barandilla que protegía el pequeño balcón del salón. No se veía ninguna luz y en cierto modo eso era perfecto.

- ¿No puedes dormir? - Musa se acercó lentamente hasta ponerse a su lado- Si, no se que tiene este lugar que desde que volvimos aquí no puedo conciliar el sueño - contestó Zia suspirando- Pero ya nos vamos- ¿Y que haremos? - preguntó Zia - digo... ¿tú que vas a hacer?- La verdad es que no lo he pensado, todo ha sido muy raro, casi prefería seguir en El Hogar…- Allí estábamos en peligro, no sabíamos quién eramos- La verdad es que yo aún no sé quién soy - dijo Musa en bajo, pensando que la otra chica no podría oirla

Capítulo 22

22-

Irse de la ciudad sería, en teoría, más fácil que llegar; había una gran cantidad de coches abandonados y seguro que serían capaces de hacerle un puente a alguno de ellos sin demasiado esfuerzo. Bret fue el primero en despertarse, abrió los ojos y se estiró sintiéndose completamente descansado por primera vez en mucho tiempo. Empaquetó cuidadosa y silenciosamente todas las cosas que pensó que les podían ser de utilidad y cuando finalizó la tarea despertó con delicadeza a los demás.

Al acercarse a Urel, justo antes de poner suavemente la mano en su hombro vió restos de lágrimas en sus mejillas, en un período de tiempo horriblemente corto había perdido a las personas que más quería, su abuelo y su hermano, y de eso último Bret sabía algo.

Le despertó con una suave palmadita y le preguntó por su pierna, que a simple vista estaba más roja e hinchada. Urel dudó antes de pedirle un favor, entendía que todos querían irse y su petición sólo iba a atrasar más el viaje, o eso pensaba él. Aún indeciso le tendió un papel en el que había varios nombres escritos con letra temblorosa; ante la extrañeza de Bret le explicó que se trababa de analgésicos, cualquiera de ellos serviría para mejorar su dolor. Bret le miró animosamente y accedió a bajar y buscar alguna farmacia u hospital que pudiera disponer de ellos.

- ¿Falta mucho? - preguntó Musa reprimiendo un bostezo- Me aburro, pon música - añadió Zia- Ya te he dicho las últimas cuatro veces que la radio no funciona, ¿ves? - cuando Bret giró el dial solo se escuchaba un irritante ruido estático- ¿Pero falta mucho o no? - No Musa, estamos a punto de llegar - respondió al fin Bret poniendo los ojos en blanco ante las incesantes quejas de sus compañeros de viaje- Menos mal que paramos a coger más gasolina, llevo sin ver un coche 40 kilómetros - dijo Ureal, que había tenido la genial idea de "robar" gasolina a otros coches con un tubo que habían encontrado entre los escombros

- ¡Zia, Zia, Zia! - ¡Wumi, Wumi, Wumi! - corriendo más rápido de lo que lo habían hecho nunca las dos chicas se fundieron en un abrazo que parecía no tener fin- ¡Pollito! ¡Lo habéis conseguido! - Velkan posó su mano sobre el hombro de Bret mientras Urel disimulaba una sonrisa al oír el mote de su nuevo amigo- ¡Musa! ¿Tú también estás aquí? - preguntó Arwum al separarse de Zia - ¿y él quien es? ¿No era de El Hogar verdad?

Las conversaciones se mezclaban en un remolino de risas y lágrimas que les hacía sentir a todos como niños al verse el primer día de cole después de el verano; parecía que tenían un montón de cosas que contarse. Bret presentó a Urel a su abuelo y a la chica, pero omitiendo la parte de su hermano y su desaparición para no ahondar más en la herida que aún estaba abierta en el corazón del gemelo.

- ¿Y ahora que vas a hacer? - preguntó Velkan a su nieto mientras ambos sentados en el porche de la gran casa de campo disfrutaban de una taza de té helado y del cielo nocturno - ¿te quedarás conmigo verdad? - Me gustaría saber que ha pasado, cuando fuimos a la ciudad no vimos a nadie, pero alguien debe quedar ¿no? Es imposible que seamos los únicos supervivientes, y si es así, ¿por qué nosotros? No lo entiendo...

Velkan no sabía si contarle lo que le había ocurrido hacia unas dos semanas, estaba barriendo la entrada cuando vio acercarse a una caravana de coches, no serían más de 30 personas pero formaban un tumulto difícil de ignorar. Se acercaron y el les saludó con la mano amablemente mientras se subían el camino y les preguntó que querían. En menos de lo que dura el latido de un corazón uno de ellos bajó del todoterreno en el que iba y le puso un taser en las costillas que solo supo reconocer cuando escuchó el zumbido que hacía al accionarse.

Cuando despertó seguía totalmente paralizado, durante unos minutos lo único que vio fue el suelo y el cielo de manera borrosa e incierta. Consiguió mover los dedos, los pies, el cuello y con un gran esfuerzo todos sus músculos volvieron a funcionar. Apoyándose en las paredes, los muebles y cualquier cosa que pudiera servirle de sujeción entró en la casa. Todo estaba revuelto, los cajones sacados de los armarios, los cuadros descolgados de las paredes, ¿en busca de que? ¿de una caja fuerte en la casa de un granjero? Al mirar la cocina vio que estaba completamente saqueada y por un segundo volvió a sentir como si la electricidad recorrerá de nuevo todo su cuerpo.

Súbitamente un oscuro y siniestro presentimiento se aferró a su alma como si un ave rapaz le hubiera clavado las garras en el corazón. A gatas, casi arrastrándose subió las escaleras hasta la habitación donde se encontraba Arwum. No se atrevía a mirar, ¿y si se le habían hecho algo? tan indefensa como estaba era demasiado fácil aprovecharse de ella. Puso la mano en el picaporte y reuniendo toda la valentía, y todas las fuerzas, que le quedaban abrió la puerta. Y allí estaba ella, tan dulcemente dormida como una princesa de cuento, en un estado intermedio entre la vida y la muerte.

- Hagas lo que hagas yo te apoyaré - dijo Velkan - pero recuerda que tienes personas bajo tu responsabilidad - Ya lo se - respondió Bret sin atreverse a mirar al anciano- Esas chicas no saben cómo funciona el mundo, o cómo funcionaba antes al menos. Para ellas tú eres lo único que ha permanecido seguro y constante... Y el muchacho, ¿cómo se llamaba? ¿Ubel?- Es Urel abuelo - Pues Urel, él lo ha perdido todo y aunque quisiera irse... con la pierna así van a pasar algunos meses antes de que pueda cuidar de si mismo

- Yo aún no estoy preparada para saber que ha pasado - dijo Arwum tímidamente - además, no me encuentro bien para emprender un viaje tan largo, prefiero quedarme con Velkan- Yo no es que no quiera, es que no puedo - añadió Urel señalando su pierna - ¡Pero debemos! ¡Esto no ha pasado sólo en nuestra ciudad sino en todo el mundo! ¿Por qué si no estamos tan solos? ¿Por qué no funciona la televisión, la radio o los teléfonos? - Bret necesitaba saber, necesitaba entender que era lo que había sucedido- Y digo yo… ¿y si nos quedamos aquí hasta que Wumi y Urel puedan acompañarnos? La verdad es que si ella no viene yo no me vuelvo a mover de su lado - dijo Zia, al mismo tiempo que todos asentían- ¿Entonces ya hemos tomado una decisión no? - preguntó Musa desde un rincón donde fingía no prestar atención- Si, así lo haremos

Capítulo Final

La piedra salió disparada del tirachinas y por primera vez consiguió dar en el centro mismo de la lata de salsa de tomate que habían colocado para practicar. Urel dio un grito de alegría y abrazó a Arwum mientras le daba vueltas por el aire; cuando volvió a dejarla en el suelo posó sus labios tímidamente sobre los de la chica en un casto beso aún bastante inseguro de si ella sentía lo mismo que él.

- ¡Lo has hecho genial! Te dije que podías hacerlo si practicabas, mañana empezaremos a entrenar como darle a un objetivo en movimiento. - dijo Arwum alegremente- Con una profesora como tú cualquier cosa es posible - contestó el chico, a lo que ambos se sonrojaron.

Siguieron paseando por los edificios abandonados de la ciudad en la que buscaban comida y otros productos cada vez que las cosechas de Velkan resultaban escasas. Un día hasta encontraron seis cerdos y varias cabras en una granja-escuela de las que los niños suelen visitar cuando están en preescolar. Pero por mucho que buscaban, cada vez que veían una persona era solo a lo lejos, cuando se acercaban desaparecían, y ya empezaban a convencerse de que eran imaginaciones suyas.

Urel miró a lo lejos, aunque en realidad no estaba prestando atención a lo que sucedía delante de él, sin poder evitarlo volvió a pensar en su hermano; se había apuntado a todos los "viajes de exploración", así era como los llamaban ellos, con la esperanza de encontrarle, a pesar de que un extraño presentimiento le decía que nunca volvería a verle.

Y lo peor es que ya se estaba acostumbrando a esa sensación tan amarga. Arwum a su lado vio como sus ojos no se dirigían a ninguna parte y agarró su mano para hacerle sentir que estaba con él. Al notar ese ligero gesto Urel volvió a la realidad y se lo devolvió con otro apretón suave.

Su relación había surgido de manera inevitable, al principio como era la más pequeña no querían dejar que saliese así que cuidó de Urel y su pierna rota. Fue la que consiguió que saliese de la cama y comenzara a andar. Ese tiempo juntos les había unido al principio como mejores amigos, pero últimamente los dos sabían que sentían algo más. Aún así tenían miedo a hablar de ello.

- Mira, ahí parece haber un colegio - exclamó Arwum - quizá encontremos libros y material de pintura- Y puede que haya una enfermería - ¿Quieres que nos separemos?- Eso nunca - contestó Urel con una sonrisa - yo ya se que quiero estar a tu lado siempre- Pero que tonto eres, me refería para buscar mejor

Entraron por la puerta principal que, oscilante, estaba apunto de desprenderse de la única bisagra que la sostenía y se dirigieron hacia la conserjería; allí debía haber un mapa con el emplazamiento de las diferentes aulas e instalaciones del colegio y así sería más fácil buscar. Por desgracia pronto descubrieron que era una escuela pequeña y no tenía enfermería, pero al lado de la caja de objetos perdidos encontraron un botiquín del que pudieron sacar bastantes cosas en buen estado: esparadrapo, mercromina y agua oxigenada. Su siguiente parada sería la clase de arte y por último la biblioteca.

Musa evitaba ir a los viajes de exploración, pero sólo pedía una cosa, que fuesen a alguna biblioteca o librería y trajeran todos los libros que pudiesen cargar en cada viaje. Se había encontrado un libro en casa de Velkan, el típico manual que regala alguien que pretende aparentar ser intelectual "1001 libros que hay que leer antes de morir" y se había planteado leerse todos y cada uno de ellos.

En casa todo iba bien, Velkan, que había pasado unos años bastante malos, estaba feliz de ver su hogar lleno de gente joven y alegre de nuevo y entre los chicos se había creado una especie de familia. Se apoyaban los unos en los otros, de alguna manera se necesitaban y habían aprendido a convivir pacíficamente.

Zia había empezado a entrenar a Bret y a cambio él le estaba enseñando a hablar italiano; al principio Bret se había quejado de que era algo completamente inútil ya que no iba a servir para mucho en este nuevo mundo y de hecho él ya lo tenía algo oxidado desde que hizo su viaje de estudios por el norte de Italia, pero a ella le daba igual, simplemente le hacía ilusión.

El único momento en cierto modo trágico que tuvieron desde que arreglaron todo fue cuando a los seis meses de haber vuelto, Zero desapareció; ese gato les trajo de cabeza otros dos meses mientras le buscaban por todos lados y en secreto Velkan y los demás empezaban a temer que alguno de los linces o los perros salvajes que de vez en cuando veían le hubiera matado. Hasta que un día Zero volvió, pero con asombro comprobaron que no era un gato sino una gata ya que al día siguiente de regresar les sorprendió a todos con cinco gatitos diminutos y llorones.

- ¿Entonces así será nuestra vida a partir de ahora? - preguntó Bret con aire melancólico a su abuelo- Si lo piensas bien, no está tan mal - contestó este mientras miraba a su nieto con sorpresa - ¿cómo era tu vida antes? o más bien ¿cómo iba a ser? ¿Acaso hubieras preferido quedarte para siempre en Queal a las órdenes de tu estúpida madre, curando las heridas interminables de estas pobres chicas, viendo como se juegan la vida en sus misiones y teniendo que borrar sus recuerdos una y otra vez hasta que se convirtieran en una máquina perfecta? Eso solo te hubiera convertido a ti en otra de las maquinas de Ipso.

Bret sabía que era cierto, que aunque todo había cambiado por completo al menos estaban juntos. Uno de los gatitos, a los que aún no habían puesto nombre, se lanzó a su mano y empezó a mordisquearle los dedos, un viento suave revolvía su cabello y de la cocina llegaba olor a tarta de zanahoria y canela. Se podía acostumbrar a esto.